D+

dear+ novel

futarigurashi happiness ・・・・・・・・・・・・・・・・・・・・

ふたり暮らしハピネス

間之あまの

新書館ディアプラス文庫

ふたり暮らしハピネス

contents

illustration：八千代ハル

ふたり暮らしハピネス
♥
futarigurashi
happiness

1

折原安里《おりはらあさと》の朝は、同居人のやさしい声でいつも始まる。

「おはよう、安里さん」

低いのに甘い、大好きな声。

すくい上げられるように意識が浮上してくるものの、くっついていたがるまぶたはなかなか開いてくれない。眉根《まゆね》を寄せて小さくうなると、くるまっている布団の上からなだめるように軽くぽんぽんとたたかれる。

「まだ寝てたい？」

「ううう……」

起きたい気持ちにもかかわらず、どうしてもうめき声しか出せない。ゾンビさながらによろよろ片手を伸ばすと、くすりと笑った同居人がその手を握ってくれた。

さらりとした大きな手はあたたかく、力強い。つながれた手から生命力が流れ込んでくるかのように血の巡《めぐ》りがよくなる。

重いまぶたをなんとかこじ開けると、綺麗な切れ長の瞳と目が合った。安里の顔がふにゃりとゆるむ。

「……おはよ、キヨ」

「うん。おはよう」

やわらかな朝の光の中、微笑《ほほえ》んで返してくれる美男は同居人の高瀬敦雪《たかせあつきよ》——通称キヨだ。

知り合って五年目、一緒に住んで今年で三年目の、二歳下の友人。

「起きる？」

「ん……」

目をこすりながら頷くと、背中に腕を回され、握った手を引き寄せるようにして抱き起こされた。ふらつく安里の体を頼もしい胸にもたれさせて、寝乱れてくしゃくしゃになった長めの猫っ毛を指先で梳《す》きながらキヨが笑う。

「ほんと、寝起きの安里さんてふにゃふにゃだよね」

「ごめん……」

「謝らなくていいよ。役得だし」

寝起きの頭では何が「役得」なのかわからないけれど、キヨによしよしと頭を撫でられるとまあいいかという気分になる。

自分でいうのもなんだけれど、低血圧で寝《い》ぎたない安里の寝起きはいつも以上にポンコツだ。

起きて二十分ほどは人型をとっていても中身がほぼスライム、思考力と運動能力が激落ちしている。

だからこそキヨは心配して毎朝洗面所まで付き添ってくれる。もはや保護者、もしくはおじいちゃんの面倒をみてくれる心やさしい孫状態だ。

冷たい水で顔を洗うと、ようやく目がちゃんと開くようになった。

「はい、タオル」

「ありがと……」

ふかふかのタオルの次は、歯磨《はみが》き粉《こ》をつけた歯ブラシだ。

「五十パーセントくらい稼働《かどう》してきた？」

「たぶん……。まだ反復横跳びは無理だけど、伏臥《ふくが》上体そらしならいける気がする」

「……えーと、移動は大変だけど、その場でなら活動できるってことで合ってる？」

うん、と歯磨きしながら頷くと、「表現が斬新《ざんしん》だよね」とキヨが笑う。みんな知ってる体力テストの項目を基準にしたらわかりやすいかと思ったのに、いまいちだったようだ。

安里の感性は人とちょっとズレているようで、気をつけていても周りから浮いてしまいがちだ。いじめられたことはないけれど、学生時代は「本気で言ってんの？」と相手を困惑させたり、呆《あき》れられてしまったりというのがしょっちゅうだった。

そのせいで安里は人間がちょっと苦手だ。自分も人間なのに、というツッコミはいらない。

人間同士でも理解しあえない事例はニュースを見るまでもなくいくらでもある。根本的に相容《あいい》れない場合、身体的分類は同じ「ニンゲン」でも、精神的に生まれた星が違うのではないかと安里は思っている。メンタル的にお互いがエイリアンということだ。

エイリアン同士でうまく付き合うのは難しいし、相互努力が必要だ。しかし往々にして少数派のエイリアンばかりが努力を強《し》いられる。数は正義、彼らの『常識』に合わせられないほうが悪いといわんばかりに。

だけど、キヨは違う。

将来弁護士を目指しているからかもしれないけれど、キヨは相手を頭から否定しない。理解しようとしてくれるし、それが無理でも受け入れて尊重してくれる。安里のすっとぼけた言動さえそのまま楽しんでくれる懐《ふところ》の深さだ。

人間は自分に理解できないもの、好みに合わないものを排除したがるから、キヨみたいな人は本当に珍しい。数あるメンタル星の中でもひときわ高次元の文明をもつ星の出身に違いない、と安里は本気で思っている。

しかも、キヨはビジュアルも高次元だ。

安里より二十センチ近く背が高く、将来の勉強も兼ねた法律事務所での週二のバイトとは別に、効率的に稼《かせ》げてシフトの調整がしやすいという理由でしている引っ越し業者のバイトで実用的な筋肉のついた体は引き締まっていて素晴らしく格好いい。もちろん顔立ちも完璧《かんぺき》で、黒髪がかかる凜々《りり》しい眉、綺麗な切れ長の瞳、通った鼻筋、少し厚めで形のいい唇と、ひとつひとつのパーツが魅力的なうえに配置も文句なし。どこからどう見ても美男。格好いいの塊《かたまり》。

歯を磨きながら鏡ごしに見とれていたら、安里の髪をブラシで梳いてくれていたキヨが視線に気づいて軽く眉を上げた。

「ん？」

「キヨ、今日も格好いいねえ」

脳直《のうちょく》の言葉に目を瞬《しばたた》いた彼が、ふ、と笑う。

「ありがとう。安里さんも可愛《かわい》いよ」

甘い声に鼓動《こどう》が少し速くなったけれど、彼の本心はわかっている。口をゆすいでから指摘した。

「昔飼ってたうさぎのニースみたいで？」

「そうだね」

やんわりと肯定《こうてい》したキヨは、楽しそうに安里の髪をまとめようとしている。

写真を見せてもらったことがあるけれど、キヨが可愛がっていた「ニース」はもふもふやわらかな亜麻《あま》色の毛並み、つぶらな黒い瞳をした、ぬいぐるみのように愛らしいロップイヤーのうさぎだ。

安里には長い垂《た》れ耳も、全身を覆《おお》う綺麗な色のもふもふの毛もないけれど、生まれつき髪色が明るくてふわふわしているし、美容院に行くのが面倒で伸びがちだから、結んでもらったらうさぎのしっぽ感があるといえばある。あと、強《し》いていうなら大きくて丸っこい目もちょっと似ているかも。

（イメージが似てるってだけで僕までこんなに面倒みてもらえるの、ありがたいなあ）

キヨの愛《まな》うさぎに心の中で手を合わせていたら、安里の髪のしっぽを作り終えた彼が洗面所から出るのを促《うなが》すようにぽんと両肩を軽くたたいた。

「はい、いいよ。俺はキッチンに戻るから、着替えてきてね。今日の朝ごはんは安里さんの好きなやつだよ」

「卵サンドの焼いたやつ？」

ぱあっと顔を輝かせる安里にキヨがにっこりして頷く。

いそいそと身支度《みじたく》を整えてからダイニングキッチンのドアを開けたら、ふわりとおいしそうな匂いに包まれた。爽《さわ》やかな朝の光で輝いて見えるテーブルには出来たての好物が並んでいる。

こんがり表面がいい色に焼けたホットサンドは半分にカットして盛り付けられていて、たっぷり挟《はさ》んである卵フィリングの黄色、焼いたベーコンのピンク、胡瓜《きゅうり》とレタスのグリーンが目にもおいしい。添えられているのは角切りベーコンと春野菜の具だくさんスープ、ごろごろ果肉が入っている苺《いちご》のコンフィチュールをかけたヨーグルトだ。

「おいしそう〜」

「おいしいよ。俺が腕によりをかけて作ってるからね」

「いつもありがとう」

「いえいえ」

ふたりでテーブルを囲み、いただきますと手を合わせる。

まずは滋味《じみ》深いスープでおなかを温め、胃が目覚めたところでホットサンドを手に取った。大きく口を開けてはぐっとかぶりつくと、こんがりさくさくのパン、濃厚な卵フィリング、胡瓜とレタスの爽やかな風味と食感、ベーコンの旨《うま》みと塩気が一体となって口の中でおいしいハーモニーを奏でる。

幸せに食べていたら、ふ、と笑ったキヨがテーブルの隅に常備してあるウェットティッシュを手に取った。お手をどうぞというように片手を安里に向ける。

「う……、気づかれてた？」

「気づいちゃってたねえ」

観念して左手を出すと、ホットサンドの具で汚れた手のひらを拭《ふ》いてくれる。くすぐったさもあって毎回ちょっとドキドキしてしまうけれど、彼にとってはペットの世話をしている感覚に違いない。

「はい、いいよ……って、口の横にも付いてるね。んーってして」

口周りまで拭いてもらうのはさすがに恥ずかしいのだけれど、いまさら遠慮《えんりょ》するのもおかし

い。同居人の端整な顔を見ていたら照れくささが倍増するからきゅっと目を閉じて、言われたとおりに少し唇を突き出した。

キヨが小さく息を呑《の》んだ気配に、安里は薄く目を開ける。

「キヨ……？」

「……ん、なんでもない」

微笑んで、丁寧に唇の横を拭いてくれている彼が「キス待ち顔……」なんてため息混じりに呟いたところで、照れくささを我慢している安里にはよく聞こえない。

拭き終えたキヨが、そっと安里の目の下に親指で触れた。

「クマができてるね。ゆうべ遅かった？」

「ん……。ノッてたから、一気に終わらせたくて」

「終わったの？」

「うん。もう送った。締切三日前脱稿」

イエイ、と指をV字にすると、「安里さんえらい」と頭を撫でられる。

昔飼っていたうさぎの面影《おもかげ》を重ねているからか、キヨはよく安里を撫でる。大きくてやさしい手は気持ちよくて、安里はいつもふくふくと幸せな気分になる。

成人男子同士でこういうことはしないんだろうなという認識はあるものの、うさぎっぽいものを撫でたいキヨと、撫でられて幸せな安里なら、いわゆるウィン・ウィンの関係だ。人に見せるわけじゃないし、と同居人がくれる幸せを素直に享受《きょうじゅ》している。

　安里の仕事はイラストレーター兼漫画家だ。基本的に依頼を受けるのも納品もデータでやりとりをしているから昼夜関係なく働けるし、仕事に没入《ぼつにゅう》すると時間を忘れてしまうせいでつい夜更《よふ》かししてしまう。

「でも、あんまり無理しないでね。何時に寝たの？」

「んと……、三時半ごろ？」

「四時間しか寝てないじゃん」

「昼寝するから大丈夫」

　根本的な解決にはなっていないし、生活リズムの乱れは健康に影響がある。しかしクリエイターの仕事はルーティンワークでこなせない部分があるのを知っているからこそ、キヨは叱《しか》ったりしないでただ心配してくれる。

「頼まれたから起こしてるけど、無理して俺に合わせて起きてくれなくてもいいんだよ」

「……でも、キヨと一緒にごはん食べたい……」

「そっか」

　キヨがふわりと笑うと、いつも胸がとくとくと落ち着かなくなる。くすぐったくて幸せでドキドキするのは、めちゃくちゃ好みのイラストを見たときの感覚に似ているから、彼の顔が端整すぎる影響だろうと安里は思っている。

食後は一緒に後片付けをして、大学に行くキヨを玄関で見送った。

見送りは安里にとって大事な時間だ。

同じフレーズを、いつも心からの祈りと共に伝える。

「いってらっしゃい。無事に帰ってきてね」

「もちろん。いってきます」

にこっと安心させるように笑って返したキヨが出て行ったドアが完全に閉まるまでその場にたたずんで、しみじみと安里は思う。

(キヨ、ほんとにやさしいよなあ)

無事に帰ってきてね、なんて、毎回言うには少し重いフレーズだ。わかっていても言わずにいられない安里を彼は受け入れてくれている。

安里の両親は、安里が小学二年生のときに交通事故で二人同時に亡くなった。当時七歳だった安里を引き取って育ててくれたのは母方の祖母だ。ちなみにいまキヨと住んでいる、古いけれど絵本に出てきそうな雰囲気の庭付き二階建ての瀟洒《しょうしゃ》な家は祖母から譲《ゆず》り受《う》けた。

祖母といっても現代の六十代、潑溂《はつらつ》と朗《ほが》らかな彼女はどう見ても元気そのものだったけれど、じつは心臓に持病があった。両親のぶんまで可愛がって育ててくれた祖母は、安里が高校三年生の春——ちょうど五年前のいまごろだ——、買い物に出かけた先で発作を起こして、あっけなくこの世を去ってしまった。

いつもどおりに出かけて行った人が、生きて帰ってこないことがある。

見送りのときに交わした言葉が、最後になることがある。

それを二度も体験させられた安里にとって、出かけてゆく人を見送るときに感じる不安は自分でも制御《せいぎょ》できないくらいに大きい。

だから祈りをこめて、言霊《ことだま》を信じて、「無事に帰ってきてね」と声にせずにはいられないのだけれど、言われるほうとしては不穏かもしれないフレーズをキヨは決していやがらない。むしろ安心させるように、笑顔と心強い返事をさらりとくれる。これ以上は望めないほどの同居人だ。

見送りを終えた安里は自分が担当している家事に取りかかった。といっても、洗い物は二人で済ませているし、床の掃除はルンバがしてくれる。安里がするのは洗濯《せんたく》ものを干《ほ》す作業だけだ。ちなみに洗濯機自体はキヨが朝イチで回してくれている。

洗濯ものをカゴに移してリビングからベランダに出た。広いルーフの下で洗濯ものを干すひとときは、仕事がらひきこもりがちな安里にとって屋外の光や風、気温、庭の花木に季節を感じる貴重な時間だ。

四月末の空はやわらかく澄んだブルー、庭の木香薔薇《もっこうばら》は満開で、淡い黄色とのコントラストが美しい。どこからか飛んできた紋白蝶《もんしろちょう》が踊るようにひらひら舞っている。

鼻歌混じりで干していた安里は、ぽかぽか陽気にいいことを思いついた。

（お布団《ふとん》干しちゃおう……！）

さいわいキヨも安里も花粉症じゃないし、いざというときは布団用掃除機もある。春は意外と雨の日が多いからこそ、今日というチャンスを逃《のが》す手はなかった。

「ふっかふかになったらきっとキヨも喜ぶよね」

空《から》になったカゴを脱衣所に片付け、軽い足取りでまずはキヨの部屋に向かう。

彼の部屋は一階、安里の仕事部屋の隣だ。勝手に入っていいと言われているから遠慮なくドアを開ける。

パーフェクトなキヨは私室もパーフェクトだ。きちんと片付いていて、シンプルなデザインの家具と落ち着いたカラーのファブリックがお洒落《しゃれ》で格好いい。

ちなみに大柄《おおがら》なキヨのベッドはダブルサイズだ。シングルベッドユーザーの安里は、彼の布団を干すときはいつも広々したベッドにダイブしてみたい誘惑にかられてしまう。

（キヨはいいよって言ってくれると思うけど、そのまま寝ちゃったら申し訳ないし……）

洗濯洗剤やボディソープ、シャンプーの類《たぐい》はぜんぶ同じものを使っているのに、キヨのものはなぜかとてもいい匂いになる。不思議だけれど、香水もつける人によって香りが変わるから珍しいことじゃないのだろう。

よいしょ、とビッグサイズの布団を軽くたたんで持ち上げたら、やっぱりいい香りがしてくるまって眠りたくなった。寝不足もあって誘惑に負けそうになったのをなんとか振り切る。

庭に出て、布団干し専用のラックに掛けた。ルーフから外れているけれど、そのぶん日光がよく当たるからちょうどいい。

キヨのぶんが終わったら自分の布団だ。二階に上がって、ベランダに干したら本日の家事タイムは無事終了。

階下に下り、仕事部屋に向かう前にキッチンに寄った。水分補給を忘れがちな安里のために毎日キヨが用意してくれている、ほうじ茶の入った保温ポットとマグカップをピックアップする。

午前十時少し前、香《こう》ばしく温かな一杯をゆっくり飲みながらパソコンと液晶タブレットを起動した。画面が変わるのに合わせて仕事モードに切り替わってゆく。

ひとつ息をついて、マグカップを置いた安里は代わりにタブレット用のペンを持った。

マイペースで周りに馴染めない自分が、描いたものをたくさんの人に喜んでもらえて、唯一の特技であるイラストで生計を立てられるようになるなんて、高校生のころは想像もしていなかった。

キヨと出会わなかったら、きっと安里の人生はいまとはかけ離れたものになっていただろう。

かけがえのない友人で、頼れる同居人のキヨ。

彼と安里が出会ったのは、五年前の春の雨が降る日——祖母の葬儀の日だった。

◇◇◇

祖母が亡くなったのは突然だったけれど、想定外ではなかった。

「人生五十年ならいまはもう余生、おまけみたいなものよ。好きなことをして生きるわ」とからりと笑って言う祖母は、活発で、実際的な人だった。娘夫婦を事故で亡くして孫の安里を引き取ったあと、「わたしに何かあってもあっくんが大丈夫なようにしておくわね」と宣言し、そのとおりにしていたくらいに。

具体的には、安里に自分の体調について丁寧に話して「発作が起きたら大変だけど普通に生活しているぶんには大丈夫」と理解させ、いざというときのために薬の置き場所と対処方法とかかりつけ医への連絡方法を教えた。さらにエンディングノートを書き、正式な遺言書《ゆいごんしょ》を作り、知り合いの弁護士にいざというときの未成年後見人になってくれるように依頼をして、安里にも面通しさせた。

そのとき会った、見るからに頼りになりそうなきりりとした美女が高瀬弁護士──キヨの母親の冴香《さえか》だ。

高瀬弁護士が会いにくるときは、祖母に何かあったとき。

そのことを知っていたから、高瀬弁護士から連絡がきた安里は祖母の身に何が起きたのかを瞬時に悟った。

そのあとの記憶は夢の中の出来事のように曖昧《あいまい》だ。

痛ましげな表情で迎えにきた高瀬弁護士、病院の霊安室に横たわる祖母の白く安らかな顔、お通夜《つや》、次々に声をかけてくる弔問客《ちょうもんきゃく》、漂《ただよ》う線香の煙。

すべてが断片的で、別世界の出来事のようだった。たぶん、現実を受け止めきれなくて心がフリーズしていたのだと思う。

呆然《ぼうぜん》自失状態でも、高瀬弁護士のおかげですべては滞《とどこお》りなく進んだ。安里は言われたとおりに動き、書類にサインをし、必要なものを提出した。涙ひとつこぼすことなく、操《あやつ》り人形のように。

高瀬弁護士は仕事の範囲を越えて安里の面倒をみてくれた。一人にしておくとぼんやり座りこんだ安里がまったく動かず、飲食もしないため、年が近い息子がいる身としては放っておけなかったらしい。

とはいえ、葬儀の手配や遺産関係の手続き、親戚《しんせき》との話し合いなど、安里のそばにずっといられるわけじゃない。「いまの安里くんを一人にするのは心配」という彼女に手助けを申し出たのが、当時高校一年生の息子のキヨだった。

しとしとと春の雨が降る葬儀の当日、安里はキヨと引き合わされた。

高校に入ったばかりのキヨはまだ安里と同じくらいの身長で、美男というより美少年だった。

澄んだ瞳が綺麗だなと、当時のぼんやりした状態でも思ったのを覚えている。

葬儀の間のことはあまり覚えていない。ただ、キヨはずっとそばにいて、安里が困ることがないように気を配ってくれた。

葬儀のあと、高瀬弁護士は安里の親族と話し合いをした。場所は祖母が遺《のこ》したこの家のリビング、議題は安里の今後についてだ。

高校三年生になったばかり、十七歳の安里は将来の岐路《きろ》に立っていて、親戚たちにとっては進んで引き取りたい存在ではない。大人の一歩手前とはいえ年齢的に一人でやっていけるのでは、という意見が出るのは想定内のことで、高瀬弁護士は事前に安里にどのような選択肢《し》があるかを教えて、希望を聞いてくれていた。

「この家にいたいです」

両親はともに一人っ子で、遠い親戚たちとは葬儀で初めて顔を合わせた。歓迎されないのはわかっているし、自分を愛して育《はぐく》んでくれた祖母との思い出が詰まったこの家を離れるのもつらい。周りに言われるまでもなく一年もせずに十八歳になるし、両親と祖母が遺してくれた貯金と保険金のおかげで贅沢《ぜいたく》しなければ生活費にも困らない。高校卒業を機に一人暮らしを始める人もたくさんいるのだから、それが一年早まったようなものだ。

うまく説明できなくても、高瀬弁護士は丁寧に話を聞いて理解を示してくれた。

「一人暮らしをするなら、私や私の代理人がたびたび様子を見にくるけど、それでもいい？」

「はい」

安里の意向を受けて、高瀬弁護士は親戚たちに今後の方針を提案し、トラブルが起きないように処理してくれることになっていた。お荷物は背負いこみたくないけれど遺産に興味はある、という輩《やから》はどこにでもいるから、話し合いといいつつそのあたりの対応がメインだ。

終わったら高瀬弁護士が報告にきてくれることになっていて、安里はキヨと一緒にダイニングキッチンで待機していた。

遠くでなにやら荒れた声が聞こえる。切り返す凛《りん》とした声。やはり遺産関係でもめているようだ。

薄い膜《まく》に世界を隔《へだ》てられているような気分の安里は、離れた場所から聞こえてくる声を完全に他人事《ひとごと》としてぼんやり聞いていた。窓の外は暗く、さあさあと雨が降る音がする。キッチンは明るい。うるさいのに静かだ。

「お茶でも飲みます?」

とりとめのない不安定な世界にやわらかく入ってきたのは、今日一日そばにいてくれた高瀬弁護士の息子の穏やかな声だった。

まばたきして、安里はこくりと頷く。向かいに座っていた彼が席を立った。

片付け上手だった祖母はキッチンも使い勝手よく整えている。定位置に置いてあったやかんに水を満たして火にかけた彼は、食器棚から急須《きゅうす》と湯飲みを見つけ出して用意した。

そういえば、ずっと隣にいたから彼が動いているのをはっきり見るのは初めてだ。年下とは思えない落ち着きぶり、静かな動作。なんとなく目を引かれて眺めていたら、あちこちを開け閉めしていた彼が少し困ったような顔で振り返った。

「すみません、茶葉ってどこにありますか」

「あ……、えっと、どこだったかな」

立ち上がった安里は、いまさらのように気づく。本来ならこの家の者である安里が彼にお茶を出すべきだ。お客様に淹《い》れてもらうなんて祖母が聞いたら目を丸くする。

「ご、ごめん……！　僕が淹れるよ」

「いいですよ。俺、お茶淹れるのけっこう得意なんです」

にこっと笑ったキヨにせめて茶葉の場所を教えようと思ったら、それすらできないことが判明した。安里は自分でお茶を淹れたことがなくて、祖母がどこに茶葉を仕舞っているかすら知らなかったのだ。

「ごめん……」

しゅんとする安里に「気にしないでください」とキヨが微笑んで、キッチンの一角に目を留めた。

「安里さん、甘いものって好きですか」

「うん」

「じゃあお茶じゃないものにしましょう。疲れているときは、甘くて温かいものがいいっていいますし」

そう言ってキヨが手に取ったのは、ココアの缶だった。やかんの火を止めて、代わりにミルクパンにココアパウダーと砂糖、少量のミルクを入れて火にかけながら練る。なめらかになってきたところで少しずつミルクを足してゆく。

迷いなく手を動かしているのが不思議な気がして、近くに寄って手許《てもと》をのぞきこんだ。

「慣れてる……？」

「たまに母のリクエストで作ってるので。頭使うと甘いものが欲しくなるらしいです」

「仲いいんだね」

「まあ……、母ひとり、子ひとりですし」

キヨが少し照れくさそうに笑って、胸が急に落ち着かなくなった。ずっと年齢以上に大人びた態度で安里に接していた彼の素《す》の表情が見えたからかもしれない。

出来あがったホットココアをキヨがふたつのマグカップに注ぎ分ける。

「どうぞ」と渡されて受け取ったら、ふわりといい香りが鼻をくすぐってふいに空腹を覚えた。

そういえば、ずっと食欲がなかった。高瀬弁護士が心配するから、彼女が見ている前ではなんとか少しずつ口に運んで飲みこむ、というのを繰り返していただけだ。

椅子に座って、ふうふうと甘い香りの湯気に息を吹きかけて表面を冷まし、少しだけ口に含んだ。じん、と染みこむような熱さと甘さ、カカオの香りと風味、ミルクのコク。

（おいしい……）

なんだかひさしぶりに味のするものを口にした気がする。自分と世界を遮断《しゃだん》していた膜が少し薄くなった感覚だ。ゆっくりと、もうひとくち飲む。やっぱりおいしい。

向かいでキヨもココアを飲んでいる。

今日初めて会った、違う高校の一年生。整った顔をしていて、やさしくて、ココアを上手に作れる。

喉から胃に熱い液体が落ちてゆくにつれて、じんわりと体全体が温まってきた。熱でとけるように見えない膜がまた薄くなる。

窓の外はやわらかな春の雨。明るく整頓《せいとん》されたキッチン。見慣れた場所なのに、目の前にいるのは今日初めて会った相手で、その人に作ってもらったココアを飲んでいて、いるべきはずの人がここにいない。

おばあちゃんが、いない。

ふいに、薄い膜に穴が開いて現実が入ってくるように、祖母の不在を理解した。いないのだ。もうどこに行っても、どれほど待っても、あの笑顔には会えない。朗らかな声も聞けない。もう、二度と。

ぼろぼろっと目から熱い雫《しずく》が落ちた。

「……っ」

声もなくマグカップを置いて、両手で顔を覆う。それでも止められない。手のひらを濡らす涙は安里の意思に関係なく、あとからあとから溢《あふ》れてくる。

震える唇で息をしようとしたら、大きくしゃくりあげてしまった。

少しためらう気配があって、キヨが「……これ、どうぞ」と差し出してくれたのは、綺麗にアイロンがかかったハンカチだった。受け取って、目許を覆う。

「俺、ここにいないほうがいいですか」

気遣いに満ちた、やさしい声に小さくかぶりを振る。

「……ひとりに、しないで……」

しゃくりあげながら絞《しぼ》り出《だ》した声に、「はい」と即答してもらえてほっとする。

目をハンカチで押さえたまま片手をテーブルに伸ばすと、誰かの存在を求めているのを察したように温かい手でやさしく包みこまれた。すがるように強く握ると、しっかり握り返してくれた彼が隣に移動してきてくれる。

手以外は触れていなくても、その存在感、命のエネルギーを感じて、やぶれてしまったような心の痛みが少しずつやわらいでゆくのを感じた。安里が泣きやむまでキヨはずっとそばにいて、手をつないでいてくれた。

高瀬弁護士は見事に安里の希望を親戚一同に通してくれて、祖母の葬儀の翌日から安里は遺された家で一人暮らしを始めた。

これまでお手伝い程度の家事しかしてこなかった男子高校生には慣れないことばかりだし、ことあるごとに祖母の不在を感じて悲しくなるけれど、高瀬弁護士とその息子のキヨのどちらかがほとんど毎日様子を見に来てくれた。

とはいえ高瀬弁護士は多忙だ。いつしかキヨがメインで来るようになった。

「キヨ、無理に様子見にきてくれなくていいからね？」

彼自身も高校生、しかもこのあたりでも随一《ずいいち》の進学校に通っている。安里の通う高校とは勉強の進度も課題のハードさも違う。

来てもらえるのはうれしいけれど、負担をかけるのは申し訳ないな……と心配する安里に、学校帰りに待ち合わせて寄ったスーパーで食材を物色していたキヨはにこりと笑った。

「無理なんかしてないですよ。ていうか、安里さんのところに来てるの、母親に言われてじゃないです」

「へ」

「俺が安里さんに会いたくて来てるんです」

後見人代理として、ちゃんと生活できているかチェックしにきているのだとばかり思っていた。でも、考えてみるまでもなく未成年のキヨに高瀬弁護士が代理人を任せるはずがない。

「えっと、なんで会いたいって思ってくれるの……？」

自分でいうのもなんだけれど、安里は友達になりたいと思ってもらえるような魅力あふれるタイプじゃない。

めちゃくちゃマイペースで他人に合わせられないし、ズレた言動で周りを困惑させがちだし、何かに没頭したら外界を遮断してしまう。安里が他人と接するときに大変さを覚えるように、周りの人にとっても安里といるのは面倒なはずなのだ。

心底不思議でストレートに聞いてみたら、キヨが目を瞬いた。少し考えるそぶりを見せたあと、何かひらめいた様子でスマホを取り出す。

「安里さんを見ていると、ニースを思い出すんです」

「ニース？」

「この子です」

見せてもらった画面にいたのは、もふもふふわふわのロップイヤーの可愛いうさぎだった。小学生と思われるキヨにだっこされている。

当時スマホを持っていなかったキヨの代わりに母親の高瀬弁護士が撮《と》った写真をもらったものだそうで、子どもの自分が写っていることに本人は照れていたけれど、ぬいぐるみのようなもっふりうさぎと笑顔のちびキヨ、可愛いの相乗効果でとんでもないラブリー爆弾だ。

キヨの父親は早逝《そうせい》しており、母親の冴香は家事をアウトソーシングして懸命に仕事と子育てを両立していた。聡《さと》すぎる子どもだったキヨは我《わ》儘《まま》を言わず、むしろ母親を気遣うという早熟ぶりだったのだけれど、初めて自分からねだったのがペットショップで見かけたうさぎのニースだった。

ペットというのはどれほど可愛くてもぬいぐるみじゃない。命を預かるからには非常に重い責任を伴《ともな》う。

息子の初めての願いを叶《かな》えたい気持ちはありながらも、多忙ゆえに冴香はペットの世話までは負えない。迷った末に彼女は、「ちゃんと面倒をみられる証拠と覚悟を示して」と息子に課題を出した。

普通の子どもならそこであきらめるけれど、キヨは違った。学校の先生に相談しながら図書館やネットでうさぎの飼い方を調べ、最寄《もよ》りの動物病院を探し出し、育成計画を作成した。さらにペット飼育にかかるお金を借金とみなし、将来の返済計画まで付けたのだ。

完璧な資料提出に冴香も納得し、キヨはとうとうニースを手に入れた。ちなみに冴香は息子を誇《ほこ》りに思って提出資料を法律事務所の仲間たちに披露《ひろう》し、「さすが高瀬の息子！」と感心と爆笑を得たらしい。

キヨは母親との約束どおり、大事に可愛がってニースを育てた。けれどもうさぎの寿命は人間より短い。

高校受験を終えた数日後に、ニースは虹の橋を渡ってしまった。いつかは来る日だと覚悟していても、可愛がっていたからこそ喪失感《そうしつかん》は大きかった。

それから数カ月たった四月末、ようやく思い出してもつらくなくなったころ、春の雨の日に引き合わされた安里にキヨはしょんぼりしているニースを髣髴《ほうふつ》としたのだという。

「俺にとってニースは本当に大事な家族だったんですけど……、うさぎに似てるって言われたら微妙な気分になりますか？　ほかの理由のほうがよかったかな……」

「えっ、そんなことないよ」

気まずそうな彼に安里はかぶりを振る。

「キヨが会いにきてくれるのうれしいけど、冴香さんに頼まれたわけじゃないんだったらなんでだろうって不思議だっただけ。でも、納得できたよ。あの、ニースちゃん？　くん？　みたいに僕は可愛くないけど、似てるって言われたのもうれしいから……」

気にしないで、と照れながらも続けると、キヨが急にめまいでも覚えたかのように目を閉じた。どうしたんだろう、と戸惑っていたら、彼が買い物カゴを持っていない方の手を握ったり開いたりしているのに気づく。

「キヨ……？　手、どうかした？」

「いや、なんかいま、すごい安里さんのこと撫でたくなっちゃって」

「撫で……!?」

「すみません、嫌ですよね」

「べ、べつに嫌じゃないけど……。えっと、どうぞ……？」

「いいんですか⁉」

頭を差し出した安里にキヨが目を見開く。そういう表情は年相応だな、となんとなくうれしくなりながら安里は頷いた。

「いいよ。ニースちゃん？　くん？　の代わりでしょ？」

「あー……、まあ、そんな感じです。あと、ニースは女の子でした」

「ニースちゃんか」

納得して呼んだ安里にキヨがひどくやわらかく笑って、ふわりと髪を撫でる。大きくなってから他人に頭を撫でられるのなんて初めてだけれど、やさしい手は気持ちよくて、少しくすぐったい。えへへと勝手に笑みがこぼれると、さらにくしゃくしゃと髪を混ぜられた。

「……安里さん、ちょっとやばいくらい可愛いですね……」

「え？」

よく聞こえなくて目を上げると、なんでもないです、とキヨが少し困っているような顔でかぶりを振る。

「買い物、すませましょうか。今日は和風ハンバーグを作ってみたいって言ってましたよね」

「うん。キヨ、なんでも作れるからすごいよねえ」

「レシピサイトのおかげです」

さらりと返されたけれど、レシピを見てすぐに作れるというのは料理の基礎力があってこそだ。安里ひとりだと細かい手順がわからなくて予想外の品を錬成《れんせい》してしまう。

ちなみにキヨの家事能力は、通いの家政婦さんから彼が自主的に学んだ成果だ。

幼少期からの付き合いゆえに家政婦さんはキヨにとって「面倒見のいい親戚のおばさん」感覚になっていて、手際《てぎわ》のいい仕事ぶりに興味をもった彼はプロのコツを教えてもらうようになった。

特に料理は、夜中に疲れて帰ってきた母親においしいものをさっと出せるようになりたくて小学生のころから習っていたのだという。

「孝行息子だねえ……！」

「いや、本当は自分の小腹がすいたときのためです」

謙遜《けんそん》して言い直すけれど、いずれにしろ偉い。安里は祖母のために何か作ってあげようと思ったことがなかったし、小腹がすいたからといって自炊するという発想がなかった。いまさらのように反省する。

でも、これからの生活水準は自分の家事スキルにかかっているのだ。

必要に迫《せま》られたこともあって、安里はキヨに習いながら少しずつ家事を覚えていった。忙しくしていると祖母がいない寂しさも紛《まぎ》れるし、できることが増えると達成感がある。

気づけば春から初夏に変わり、梅雨《つゆ》が終わり、夏がきていた。

終業式を終えた安里がスマホをチェックすると、キヨから「いつものところで」とメッセージが入っていた。「了解」と返して、軽い足取りで公立図書館に向かう。

キヨと安里の学校のどちらからも同じくらいの距離にある図書館は、二人とも気に入っている待ち合わせ場所だ。外が暑くても館内は空調で快適だし、相手を待つ間に宿題や勉強をしたり、書架《しょか》から借りてきた写真集や画集を眺めたりできる。ちなみに前者はキヨ、後者は安里の時間の使い方だ。

図書館に到着した安里がいつもの閲覧《えつらん》及び自習用のデスクに向かうと、キヨのものと思われるノートや教科書はそのままに、本人だけがいなかった。

(あ、もしかして……)

辺りを見回したら、書架の隙間から少し困り顔のキヨと頬を染めた女子高生の姿が見えた。間違いなく告白シーン。

(青春だねえ)

自分にはまったく関わりのない世界の出来事として、安里はキヨの荷物が置いてあるデスクの隣の席に座る。

この数カ月の間に、何度も同じようなことがあった。男子の安里から見ても格好よくてやさしくて頼りになるキヨが、女子に見逃されているはずがないのだ。

この図書館によくいるというのが噂《うわさ》になっているようで、最近とみに女子の姿が増えている。

キヨと一緒にいる安里が何者なのかも一時期話題になったらしいけれど、クラスメイトに質問された安里が正直に答えた結果、女子高生ネットワークによって「高瀬くんのお母さんが後見人を務めているから仕方なく面倒をみてあげているんだって」という情報があっという間に広まった。

キヨは「プライベートな事情を勝手に吹聴《ふいちょう》するなんて許せません」と珍しく怒っていたけれど、安里としては事実だから気にしていないし、「高瀬くんやさしい～！」と近隣の女子高生の間でキヨの株が爆上がりしたとクラスメイトに聞いて「そうそう、やさしいんだよね！」と勝手にファン気分を共有している。

お気に入りの写真集を書架から引っぱり出してきて眺めていたら、キヨが戻ってきた。

「待たせてすみません」

「ううん。もういいの？」

「はい。出ましょうか」

てきぱきと荷物を片付けだしたキヨの様子から、安里はさっきの女子高生の告白がうまくいかなかったことを知る。というか、いままで一度もキヨはＯＫを出したことがない。

（興味ないのかなあ）

忙しそうだもんねえ、と端整な横顔を眺めて思っていたら、キヨの視線がこっちを向いた。

安里が広げている写真集に目を留める。

「その写真集、よく見てますよね」

「うん。好きなんだ」

「俺も見せてもらっていいですか」

「いいよ」

安里の手から写真集を受け取ったキヨが、ゆっくりとページをめくる。お気に入りの写真たちが彼の目にどう映《うつ》るのか気になって、口を閉じていられなくなった。

「これね、見開きで対《つい》の写真になってるんだよ」

「ああ……本当ですね。足許を見て、頭上を見る、っていうコンセプトなんだ。ストーリー性を感じますね」

「でしょ？　そのページとか、一面の桜の花びらの絨毯《じゅうたん》が夢みたいに綺麗なんだけど、隣の薄青の空で逆光になっている枝が墨絵《すみえ》っぽくて格好いいんだよね」

鑑賞の邪魔をしたら悪いなと思いながらも、興味深そうに聞いてくれるキヨに安里はつい饒《じょう》舌《ぜっ》になる。好きなポイントを語っているうちにすっかり夢中になってしまい、気づけばキヨの横にくっついて一緒に写真集をのぞきこんでいた。

最後のページまで堪能《たんのう》して閉じたキヨが、表紙から続く美しいブルーの背表紙を撫でた。

「たしかに、これは何度でも見たくなりますね」

「でしょ⁉」

ぱっと顔を上げたら、思っていた以上に近くに端整な顔があってぴょんと心臓が跳ねた。慌てて体を引いたら椅子からころげ落ちそうになって、ぎょっとしたキヨに腕を強く引かれる。

「うぶ……っ」

「あっ、すみません」

勢い余って胸に飛びこんできた安里を抱き留めたキヨが謝るけれど、硬い胸に顔をうずめているせいで返事ができない。というか、夏だというのにキヨはなんだかすごくいい香りがする。もっと顔をうずめたくなるけれど、それはアウトな気がして名残惜《なごりお》しい気持ちを我慢して顔を上げた。

「こっちこそごめん。ていうかキヨ、思ってたより大きいね？」

「え」

「僕と同じくらいだと思ってたけど、すっぽり包まれる感じだった。そういえば目線も上がってきてるような……？」

「ああ……、俺、この二カ月ちょっとで六センチ伸びたんですよ」

「えっ、なにそれすごい！　どうやったの？」

「どうやったもなにも、成長期ですし」

「でも僕、四月の身体検査でも去年から二ミリしか伸びてなかったよ」

「あー……、安里さんの成長期は終わったのかもしれないですね」

「悲しいお知らせ……」

「もっと伸びたかったですか？　俺は安里さんのサイズ好きですけど」

慰《なぐさ》めるというより愛《め》でる手つきで髪を撫でながら言われたら、単純にも気持ちがふわりと軽くなった。

「キヨの好きなサイズならいいかな」

にこにこ顔で言うなり、無言でくしゃくしゃと髪を混ぜられた。これはいつものうさぎ扱《あつか》いだ。どこでニースを思い出したのかはわからないけれど、キヨが我慢できずにやってしまうというのは聞いているから笑ってされるがままになる。

ひとしきり撫でて満足したらしいキヨが、安里の髪を指先で整えてくれながら彼自身の身長について予想する。

「うちは両親とも高いんで、まだ伸びると思います」

「ますますモテちゃうねえ」

「好きな人にモテなかったら面倒なだけですよ」

さらりとすごいことを言う。でも、考えてみたら真実かもしれない。

モテることに自分の存在価値を見出《みいだ》しているとか、自分を好きになってくれた相手ととりあえず付き合えるというタイプならともかく、「自分が好きになった相手しかいらない」タイプなら断るのが大変なだけだろう。というか。

「キヨ、好きな人がいるの？」

恋愛自体に興味がないのかと思っていたから意外で聞いてみると、髪を直してくれている彼の手が止まった。

「……いるかもしれないって言ったら、気になります？」

「その言い方は気になるよ～。かもしれないってなに？　まだキヨにもわかんないってこと？」

「八割がたそうだろうなって思ってますけど、こういう感情を抱《いだ》くのは初めてなので自分でも少し戸惑っているんです」

「へえ……、なんか不思議。キヨっていつも落ち着いてて、なんでもわかってるって感じがするのにねえ」

「さすがにそこまで老成してないですよ。ていうか安里さん、気になるってそこだけですか？　相手を知りたいとかはない？」

「知りたい気もするけど、プライベートを根掘り葉掘り聞くのは駄目でしょ？　キヨ、そういうの好きじゃないじゃん」

「そうですけど……」

　肯定しながらもキヨが複雑そうな顔になる。

「安里さんは好きな人とか、気になる相手はいないんですか」

　少し首をかしげて考えて、頷いた。

「いないっぽい。知っている女子の顔を思い浮かべてみたけど、何も感じないし」

「……女子しか思い浮かべないんですか？　同性が恋愛対象の人もいますよ？」

「あ、そっか」

自分が同性愛者という可能性について考えたことはなかったけれど、一理ある。クラスメイトや先生などを思い浮かべてみたけれど、やはり何も感じなかった。

そう報告すると、キヨが思案顔になる。

「安里さんはまだ、恋愛自体に興味がないのかもしれないですね。……これは長期戦かなあ」

後半のつぶやきは低くてよく聞き取れなかったけれど、目から鱗《うろこ》が落ちた気分になった。

自分には恋愛感情そのものが理解できないのかと思ったけれど、「まだ恋愛自体に興味がない」のなら、そのうちわかるようになるのかも。要は成長速度の問題だ。みんながⅽできることをできないからって、今後もできないままとは限らない。

（でもまあ、しないならしないままでもいいなあ）

現状、恋愛感情を抱けないことで特に困ったことはない。むしろ、クラスメイトを見ても、ドラマや映画や漫画や小説などを見ても、恋愛することでみんなトラブルに巻き込まれている。空気を読める人たちでさえ苦労するのだ。安里のようなメンタルエイリアンは間違いなく恋愛不適合者、恋愛ゲートをくぐる前に門前払いである。

（僕みたいなのは、キヨの恋愛が成就《じょうじゅ》するのを横で見させてもらうくらいがちょうどいいよね）

そう結論づけるなり、ざわっと胸に不快感が広がった。

「……？」

慣れない感覚に戸惑い、胃のあたりをさする。

（僕には恋愛感情がわからないのに、年下のキヨには可能性があることにやきもちでも焼いてるのかな……）

なんて考えている安里は、やきもち自体が未経験でよくわかっていない。

夏休みの間は、これまで以上にキヨと一緒にいた。

夕食だけでなく昼食も二人で作って食べるようになり、折原家のリビングで一緒に課題や勉強をする。おかげでいつになく早い時期に夏季休暇用の課題を安里はクリアできたのだけれど、キヨの高校の課題と半強制の夏期講習の実施《じっし》を目の当《ま》たりにして「進学校怖い……」と震えた。

「勉強、いやにならない？」

一教科でもすごいボリュームなのに、それが五教科ぶん。自分だったら気を失いたくなりそうなそれらを淡々と解いているキヨに聞くと、さらりとした返事がきた。

「特にならないですね。クリアしていくのはけっこう楽しいですし、なりたいものになるために必要なレベル上げだと思えばさくさくやっつけたいです」

どうやら安里とは立ち位置も発想も違う。

わからない問題がほとんどないからこそ、キヨはたまに出てくる難問を「歯ごたえのあるやつがきたぜ」と楽しめるのであって、もっと下のレベルの挑戦者は早々に心を折られる。

（まあ、キヨがいまのレベルにいるのは過去のキヨがいまみたいにこつこつ頑張ってきたからなんだろうけど）

それに、彼のゴールはもっと先に設定されている。

「なりたいものって、弁護士だよね？」

「はい」

子どものころからキヨは母親の仕事に興味をもち、事件と裁判の経緯《けいい》や法律に関する新聞記事を集めたり、裁判の傍聴《ぼうちょう》に行ったりしていた。法律事務所の弁護士たちやパラリーガルたちはそんなキヨを可愛がり、法律家ならではの意見や話をしてくれ、キヨは自然と法曹界《ほうそうかい》を目指すようになった。

目標が早くに定まっていれば努力の方向がわかりやすいし、やり甲斐《がい》もある。まさしくキヨは着々とゴールに向かって邁進《まいしん》しているのである。

「安里さんは？」

「へ」

「将来、どういうふうに考えていますか？　三年生はそろそろ最後の進路調査がありますよね。夏休み中に三者面談があるって母が言ってましたよ」

「冴香さん、忙しいのに来てくれるんだ？　キヨみたいにしっかりした将来を考えてないのに僕の進路相談に来てもらうの悪いなあ……。一応、美術系に行きたいなって思っているんだけど」

予定を告白すると、キヨが意外そうに目を瞬いた。

「安里さん、絵を描くんですか？」

「う、うん。じつは……」

「見せてもらっても？」

「いいけど……」

照れながらも安里はスマホを取り出し、自作のイラストを表示する。教室の窓から見た風景をお絵かきアプリを使って描いたものだ。

ほのぼの系のコミックタッチで仕上げてあるけれど、木々が初夏の光を反射するきらめきやこもれび、門に向かう生徒たちの持ち物や表情にこだわり、我ながらよく描けたと思うお気に入りの一枚。

「えっ、すご、うま……！」

「ありがと～」

思わずといったようにキヨがこぼした言葉に、えへへと照れ笑いする。拡大したり縮小したりしてまじまじと見ていた彼が聞いてきた。

「ほかにもあります？」

「うん。こっちに過去絵があるよ。あと、それはスマホで描いたやつだけど、二階にはスケッチブックに描いたのもある」

「そっちも見てみたいです……！　ていうかこれ、スマホで描いてるんですか⁉　こんな細かいのに？」

「拡大したら描けるよー」

感心した様子のキヨに面映《おもは》ゆさを感じながら、安里は彼を二階の自室に案内してアナログ絵もお披露目《ひろめ》した。

ひとりでこっそり描き溜めていたものだから人に見せるのは初めてだ。緊張しながら見守る中、キヨはスケッチブックを一枚ずつめくって安里の描いた世界を丁寧に見てゆく。

スマホ内のイラストは手持ち無沙汰《ぶさた》なときに目についたものを描いたものが多いけれど、スケッチブックの中身は安里の脳内にあるイメージを自由に描いたものがメインだ。

音楽や写真集、本、映画などからインスピレーションを受けた情景、その世界観を作るもののデザインラフとデッサン、アニメや漫画のキャラクターを自分なりにアレンジして遊んだもののもある。

三冊目を手に取ったキヨが、深く嘆息した。

「安里さん、こんなすごい才能があったんですねえ……」

「いやいやいや、僕より上手な人はいっぱいいるから！」

過分な褒め言葉に本気で返すと、思いがけないくらい真剣な目で見返された。

「それはたしかに、そうだと思います。でも、世の中に上手な人がいることと、安里さんの才能がすごいことは別の話です。高校生でこれだけ描けるっていうだけじゃなく、目と心を奪われるっていうのがすごいんです。俺は絵について全然詳《くわ》しくないですけど、安里さんの作品はずっと見ていたくなりますし、なんていうか……好きです」

「えっ……と、あ、ありがとう……、う、うわあああ……！」

めちゃくちゃ熱くなった顔を両手で覆って、座っていることができずに床にころがった安里にキヨがぎょっとする。でも、こんなのじっとしていられない。丸くなって左右にごろごろころがって身もだえてしまう。

物心がついたときから好きで、大抵のことはうまくできない安里が周りに褒《ほ》められる唯一の特技が絵を描くことだった。

小中学校のころはクラス代表になったり、たまに賞をもらったりもしていたけれど、高校に入ってからは本気で絵の道を志《こころざ》している才能溢れる人が何人もいるのを知って、しょせん自分は「趣味の延長」レベルなんだなと思うようになっていた。

でも、やっぱり好きなことだ。

好きに描いたものを、いちばんの友達に褒められたらめちゃくちゃうれしい。感情に言葉が追いつかなくて、ころがらずにはいられないくらいに。

キヨはさすがの適応力で、ふ、と笑って丸まっている安里の背中を撫でてきた。やさしく撫でられているうちにやっと落ち着いてくる。

「……取り乱してごめん」

「いえいえ。照れ方もおもしろくて可愛いですねえ」

にこにこしているキヨのおおらかさたるや、国宝級じゃないだろうか。

(さすがうさぎフィルターの持ち主……)

たぶん彼の目には、もふもふのうさぎが顔を抱《かか》えてぷるぷるしているように見えたのだろう。それなら安里だって可愛いと思えるけれど、やったのは自分だ。普通なら完全に奇行扱いされている。

ようやく話ができるようになった安里にキヨが改めて聞いてきた。

「進路としては美大か、専門学校ですか?」

「うん。たぶん専門学校になると思う」

最初は両者の違いさえよくわかっていなかったのだけれど、進路指導の先生に聞いたら美大よりは専門学校のほうが希望に合いそうだった。

祖母と両親が遺してくれたお金には限りがあるから浪人したくないし、アーティストになりたいという気持ちも特にない。イラストやデザインの仕事に携《たずさ》われるなら職種は問わないという場合、職場で即戦力となりうる実用的な技術と知識と基本的なマナーを教えてくれ、就職のフォローアップが手厚い専門学校のほうがよさそうだと思ったのだ。

なるほど、と頷いたキヨの視線がスケッチブックに戻った。

「イラストの仕事って、ネットからプロになっていく人もいますよね」

「めちゃくちゃうまい一握りの人だろうけど、夢があるよね」

「安里さんは、夢みてみようと思わないんですか」

「へ」

「これだけ描けるんだから、ネットで公開してみたらいいじゃないですか。そこから仕事に繋《つな》がるかもしれませんよ。あ、もしかしてもうやってます？」

ふるふるとかぶりを振る。もともと安里はネットをほとんど見ない。時間があれば絵を描いているし、世界のニュースにも他人のプライベートにも興味がないからだ。

調べものをすることはあるけれど、「ネットは誰でも情報を発信できる代わりに内容の質は保証されない」と情報リテラシーの授業で習ったから信頼できそうなサイトしか見ないし、そもそもあまり検索《けんさく》もしない。そんな安里にSNSをやりたい欲なんて皆無《かいむ》だ。なによりもまず「面倒くさそう」が先に立つ。

正直にそう言ったら、キヨが苦笑した。

「やってみたら意外とおもしろいかもしれませんよ？　デメリットがあるならまだしも、チャンスに繋がる可能性をわざわざ避けることもないと思うんですよね」

「たしかに……」

どうしても面倒になったらやめたらいいだけの話だ。納得した安里は、イラストを簡単にアップできて、拡散しやすいＳＮＳにさっそく登録してみることにした。

キヨの助言をもらいながら手続きを進めていたら、アカウント名を入力しようとしたところで待ったをかけられる。

「本名はやめたほうがいいです。ネットの世界は何があるかわかりませんし、個人情報を探る輩もいますので」

「あ、そっか。じゃあ……、オリトはどう？　おりはらあさとの真ん中を抜いてみたんだけど、気づかれちゃうかな」

「いえ、オリトそのものが下の名前っぽいんで大丈夫だと思います。でも、万が一に備えて『折』を『おる』って読むのはどうですか」

「オルト？」

「はい。本名をダイレクトにイメージさせないでしょうし、オルトは『正規の』を意味するギリシア語由来の接頭語でもあるんですよ」

「おおっ、イラストの正規の作者って感じだね」

響きもいいし、一応本名由来だから気持ちのうえでも馴染みがいい。即決採用だ。

手持ちのイラストから適当なものをアイコンにして、プロフィールに「描いた絵をのせていきます」と入れた。さらにキヨが無断使用や転載等を禁止する一文も日本語と英語で入れてくれる。

とりあえず一枚、キヨに最初に見せたスマホ内のイラストを投稿してみた。もちろん反応などない。生まれたばかりのアカウントはフォロワー数もフォロワー数もゼロだからだ。でも、なんだかドキドキした。

数十秒後、思いがけないことが起きた。フォロワー数が一になって、「いいね」がついたのだ。目を丸くしてスマホを凝視《ぎょうし》した安里は、アカウント名の「T」ではっと横を見る。悪戯《いたずら》っぽくキヨが笑った。

「勧めた責任もありますし、俺もアカウント作りました。オルトさんファン一号のポジションゲットです」

「わざわざ作ってくれたんだ……？　ありがとう！　僕もフォローするね……って、どうやるの？」

「ここを押すだけです」

指先ひとつでネットの世界でもキヨと繋がった。お互いのみのフォロー、フォロワーというのが秘密基地のようで顔がほころぶ。

「アイコンはどうするの？」

希望があればイラストを提供するつもりで聞いたのに、「なんか適当に撮ります」と答えたキヨは、本当にその場でノートの空白ページの写真を撮り、それをアイコンにしてしまった。

「適当すぎない……?」

「そんなことないですよ。この真っ白なページにこれからどんな未来も書けるというのを表すと同時に、いつでも人はまっさらな心を取り戻してやり直せるっていうメッセージをこめました」

「そうだったんだ……!?」

「ていうのはいま考えました」

にやりと笑ったキヨがノートを閉じる。

とても即席で考えたとは思えない理由がさらさらと口から出てきたのはさすが弁護士志望というべきかもしれないけれど、真に受けたのが恥ずかしい。思わず無言で背中を軽くパンチしたら、全然痛くなかったようでキヨがくすくす笑った。楽しげな彼につられて安里も笑ってしまう。

それからは、一日一枚ずつ手持ちや新作のイラストを投稿するようにした。投稿したらキヨがすぐに「いいね」してくれて、見てもらえているのがわかってうれしくなる。

広大なネット世界のすみっこで、二人きりで遊んでいる感じが楽しかったのだけれど、数日後に急にフォロワーが増えた。キヨが母親の冴香にオルトのアカウントを教えたところ、イラストを気に入ってくれた彼女が職場の同僚にも広めたのだ。

そこからはフォロワーがあれよあれよという間に増えていった。

ただの高校生である自分の絵を見たいと思ってもらえるなんてとても不思議な気分だったけれど、イラストを褒めてもらえるのも、喜んでもらえるのも素直にうれしかった。

夏休みが終わり、安里は進路を専門学校に決定した。

直後に、人生を変えることが起きた。

「オルトにイラスト依頼のメッセージが届いた……！」

学校帰りに待ち合わせたキヨにスマホをぐいぐい押しつけながら報告すると、受け取った彼が真剣な顔でさっと内容を読む。

「ちゃんとオルト個人の名前に宛《あ》ててますし、文面もしっかりしていますし、送り主の所属と個人名、連絡先もありますね。難点は料金について明記していないことですが、これは母の仕事を見ていても業界的に多いみたいなので判断は保留にして……」

安里のスマホを片手に、自分のスマホでなにやら検索する。

「ああ、ちゃんと実在する出版社みたいですね。ネットでの新人発掘に力を入れているようです。支払いトラブルは特になさそうですが、何かあったとしても次の仕事をもらえないと困るからってクリエイター側が泣き寝入りしているパターンも多いので、料金については事前に確認しておいたほうがいいと思います」

一緒になって驚き、喜んでくれるかと思っていたのに、予想外の反応だ。

目を丸くしていたら、スマホから顔を上げたキヨが申し訳なさそうな顔になった。

「すみません。まずはおめでとうって言いたいところなのに、母からネットスカウトのトラブルが激増してるっていうのを聞いているせいでどうしても疑いが先に立ってしまって」

「ううん。僕なんか依頼がきたってだけで浮かれちゃって、あやしい相手かもしれないなんて思いつきもしなかったよ。キヨがいてくれてよかった……！」

安堵《あんど》と信頼の笑みを浮かべると、安里にスマホを返したキヨが無言で頭を撫でる。突然のもふりタイムだけれど、すっかり慣れた安里はえへへと笑って受け入れるだけだ。

「授業でネットトラブルについても勉強してるのに、こういうときに疑えないものだねえ」

「ほとんどの人は自分の身に起きるとは思ってないですもんね。でも、安里さんにきたこの依頼は信用できそうですよ」

「ほんと？　引き受けていい？」

「安里さんがやりたいなら。料金は要確認ですけど」

「んー……、僕としては絵の仕事ができたらそれでいいし、いくらくらいが相場かわかんないからなあ……」

「あ、それ、クリエイターの人たちが陥《おちい》りがちな罠《わな》です。安里さん、素人《しろうと》の高校生のイラストを使ってくれるだけでありがたいって思ってるでしょう」

「うん」

「そういう謙虚《けんきょ》さが愛おし……じゃなくて、人柄としての可愛げはありますけど、残念ながら遠慮しているとトラブルの種になっちゃうことが多いんです。特にネットだと、いざとなったら連絡先を消して逃げることもできますし。事前に仕事内容をきちんと確認して、文字にして残してもらうの大事です」

「そ、そっか」

「契約書を事前に交わせたらいいんですけど、そこまできちんとしてくれる現場は特にエンタメ関係だといまの日本にはほとんどないですね。とりあえず、口約束だと証明が大変なんで、やりとりの日時と経緯《けいい》が可視化しやすいメールがいいですよ」

「うう、なんか大変そう……」

もっとふわっとイラストの依頼を受けて、にこにこ描いて、提出したらつるっとお金が入ってくるようなイメージだった。もちろんそんなはずはないのだけれど、実務的なあれこれについて具体的に想像したことがなかったせいだ。

「まあ、普通そうですよね。社会人になっていても『やりたいことだけやって生きていけるようにフリーで仕事したい』って人もいるそうですし。でも、フリーランスって会社みたいに分業制じゃないから、営業も交渉も事務作業もぜんぶひとりでやらないといけないんですよね。やりたい・やりたくないじゃなくて、やらないと仕事にならない」

「ううっ、耳が痛い……！」

思わず両手で耳をふさぐと、そっとはがされる。

「手伝いましょうか」

「え」

「俺でよければ、安里さんの苦手な作業フォローしますけど」

「いいの……？」

「ネットでの活動を勧めたのは俺ですし、責任とりたいです」

にこっと笑うキヨに後光がさして見えた。どれだけ面倒見がいいのか。

裁判に発展するネットトラブルは年々増えている。常《つね》に関心をもって情報を収集してきたキヨはただでさえ頼もしいのに、法のプロである後見人の冴香もアドバイスしてくれるとなったら鬼に金棒……もとい守護神に生ける六法全書だ。

ド新人としては自分から値段を提示するのはハードルが高いけれど、「ご予算はおいくらですか」と聞くことはできる。

また、最初から金銭の話をするのはいやがられるというけれど、きちんとした編集者や業者の間ではその悪習のせいでトラブルが量産されているという認識が広まってきている。むしろ、聞かれてもちゃんと答えない、曖昧《あいまい》な口約束しかしない相手こそ要注意だ。

納期を確認すること、リテイクに際しての取り決めも大事だ。

自分で絵を描かない人は簡単に「もう少し上から見下ろした感じにして」などと全面的に描

き直す手間を想像せずに言い出すし、「なんか違うな」「別なのも描いてみてよ」と軽いノリで何度もやり直しをさせる。

「直しても元手がかかってるわけじゃないし、ちょっと描いて稼《かせ》げるなんていいね」という感覚らしいが、手直しのたびにクリエイターに労力と時間を割《さ》かせていることを認識できていないし、現在のレベルで描けるようになるまでに膨大《ぼうだい》な時間を積み重ねているという観点が抜けている。

こういう想像力の欠如《けつじょ》はあらゆる分野で起きているけれど、「好きなことを仕事にしている」クリエイターは特に手間賃を軽んじられがちだ。

「頭の中でアイデアを練っている時間も含めて時給換算したら、そう簡単に適当なリテイクは出せないと思うんですけどね」と言ってくれるキヨはさすがだ。

事前にトラブルの種を回収しておくのが大事とはいっても、ネットにはいくらでもイラストレーター志望の神絵師たちがいる。「面倒くさい素人」にさよならして「じゃあほかのイラストレーターさんに頼みます」と返される可能性もあったのだけれど、オルトに依頼してくれた編集さんはそうしなかった。

「依頼時に明記していなくてすみません」と料金をすぐに明示してくれ、誠実な態度に安心して安里は生まれて初めて「イラストレーターとしての仕事」をした。

ネットマガジンのコラム用のカット一点だったけれど、自分なりにその場面にふさわしいイラストを添えられるように読みこんで頭をひねり、ベストを尽くして描いた。初めてイラストで得たお金は少額でもめちゃくちゃうれしかった。

しかも、コラムの執筆者と編集者がカットを気に入ってくれ、初めてのイラストが次の仕事に繫がったのだ。

点数は多くなくても、ぽつぽつと依頼がくるようになった。ひとつずつの依頼がありがたくて、うれしくて、安里はオルトとして大事に一点ずつ納期を守って仕上げた。

細々と、地味に活動していた安里に転機が訪れたのは、秋が深まり冬に移ろうかという十一月のことだった。

仕事でイラストを描くようになって以来、SNSに手の込んだ新規絵の投稿がなかなかできなくなっていた安里は、気分転換も兼ねてオリジナルキャラクターの落書きを投稿した。

エプロンを着けたロップイヤーのもふもふうさぎがアップルパイを焼いているという、メルヘンかつラブリーな鉛筆書きのイラストだ。描いたきっかけはキヨが冴香に持たされた出張土産《みやげ》のアップルパイで、おいしさに衝撃を受けた安里は高瀬親子へのお礼の気持ちをこめてニースをモデルにした。

そのイラストに想像以上の反響があってびっくりしたのだけれど、安里もそのうさぎキャラを気に入っていたから仕事の合間にたびたび描くようになった。落ち葉の舞う並木道を散歩したり、シチューを作ったり、お昼寝をしたり、庭仕事をしたり、本を読んだりと、日常の何気ないワンシーンのイラストが増えるにつれて、うさぎのキャラクターの人気も出た。

「名前はなんですか」と聞かれることが増えたころに、キヨたちに許可をもらって正式に「ニース」と名付けた。名前がついたらさらに愛着が湧いて、描きたい場面もどんどん浮かぶようになった。

一枚絵がときどき二コマ漫画や四コマ漫画になり、ほかにも友達として犬や猫、パンダ、ハムスター、たぬき、キツネ、九官鳥などのキャラクターが生まれた。気づけばそれぞれのキャラクターたちが勝手に動くようになり、ますます描くのが楽しくなった。

そうして一カ月ほどたったころ——折しもクリスマスイブに、最初に連絡をくれた出版社の編集さんから「ニースを書籍化しませんか」という提案を受けた。

とにかく驚いたし、信じられなかった。落書きから始まったキャラクターが大出世だ。夢でもみているような気分でキヨと冴香に連絡し、二人の後押しをもらって安里は望外のクリスマスプレゼントを喜んで受け取った。

そこからは大忙しだった。

絵本のような、イラスト集のようなコミック書籍。その一冊ぶんを編むのに必要なページ数を足し、ネットで見ていた人たちも買おうと思ってくれるような描き下ろしのイラストと漫画を描くことになったからだ。

自分がどのくらいのペースで描けるかなんて考えたこともなかったから、描けるときにとにかく描くという生活を安里は始めた。クリスマスも年末年始も関係ない。でも、ニースたちを描くのは楽しかった。

もともと絵を描いたら時間を忘れてしまう安里はすっかり作業にのめりこみ、年が明けて自由登校になったら起きている時間はほとんど描いてすごすようになった。

そんな生活を心配したのはキヨだ。

なんといっても安里は描き始めると日常生活のあらゆることがどうでもよくなってしまう。描くことを優先しすぎて、夕方に学校帰りのキヨがごはんを作ってくれるまでまともな食事をとっていないというのもしょっちゅうだ。

その日も夕方に一日のなかでいちばんまともでおいしいごはん——キヨが手早く作ってくれたオムライス、たっぷりきのことベーコンのミルクスープ——を幸せにほおばっていたら、その姿をじっと見ていた彼が嘆息《たんそく》した。

「安里さん、もともと細かったけどこの一カ月で絶対痩《や》せてる……。頼むからちゃんと食べて？　飲み物も飲んで？　俺がいない間に倒れてそうで心配です」

「んん、おえん。きおうえる」

もぐもぐしているせいで不明瞭《ふめいりょう》な発音ながらも「うん、ごめん。気をつける」と答えたら、なんともいえない表情のキヨに頬についたケチャップを拭《ぬぐ》われた。

「しゃべらなくていいからちゃんと嚙んで、ゆっくり食べてください」

「んう」

頬袋満タンのリス状態で頷くと、はあ、とキヨがさっき以上に大きなため息をついた。

「……安里さん、いっそのことうちの子になりません？」

ごくん、と口の中のものを飲みこんで安里は目を瞬く。

「冴香さんの養子になって、キヨのお兄ちゃんになるってこと？」

「あー……、そういう具体的なやつじゃなくて、うちで暮らしませんかって意味です。部屋は余ってますし、母も反対しないと思うので」

マンション住まいの高瀬家で暮らしたら、キヨと朝夕一緒に食事をすることで少なくとも一日二食になるし、安里の身に何かあってもコンシェルジュがすぐに対処してくれる。

大好きな高瀬親子と暮らせるのは魅力的だったけれど、安里はかぶりを振った。

「僕、この家が好きなんだよね」

家にも庭にも祖母との思い出が詰まっている。祖母を失ったばかりのころはそれが胸を切なくさせたけれど、いまは思い出ごと愛《いと》しい大切な場所だ。それに、一度お邪魔させてもらった高瀬家は綺麗でお洒落《しゃれ》だったけれど、あまり生活感がなかった。ニースたちの暮らしのイメージは生活感溢れるこの家からインスピレーションを得ている。

「じゃあせめて、これからは安里さんの翌日の朝食を作ってから帰ることにします」

「えっ、そんなの悪いよ！　これ以上キヨに甘えるわけには……！」

「俺の安心のために作っておきたいだけなんで、安里さんに俺を甘やかすつもりがあるのなら食べてください」

「う、うん……？」

なぜかあべこべな関係になったけれど、彼が作った朝食を安里が食べることで喜んでもらえるのなら固辞する理由もない。

首をかしげながらも頷いた安里にキヨがにっこりして、話題を変えた。

「ところで安里さん、今日が何の日か覚えてます？」

「今日？　って何日だっけ……？　ていうか何月？」

「そこからですか」

苦笑したキヨが席を立ち、やかんを火にかけながら「二月です」と答える。数日前に彼が作ってくれたお雑煮《ぞうに》を食べた気がするのにびっくりだ。

「二月……といえば、節分？」

「それは明後日《あさって》です」

「てことは……二月一日？　あ、ニースの締切まであと十四日だ」

「間に合いそうですか？」

「うん。たぶん今週中には終わる」

ほっとした気分で報告するとキヨも「よかったです」と見るからに安堵する。

「それで、今日が何の日か思い出しました？」

話を戻された安里はぱしぱしとまばたきして、はっとした。

「僕の誕生日……？」

「そうです。十八歳のお誕生日おめでとうございます、安里さん」

「……！　ありがとう！」

うっかりすっかり忘れていたけれど、今日は誕生日だった。

沸《わ》かしたお湯で紅茶を淹れたキヨが冷蔵庫から取り出したのは、小さいサイズながらもホールケーキだ。つやつやにグラサージュされた苺と生クリームでデコレーションされた美しいケーキは、お店に取りに行ったのはキヨだけれど冴香からのお祝いだった。

「仕事が早く終わったら直接お祝いに来たいって言ってましたけど、いま忙しいのでたぶん無理だと思います。後見人なのになかなか顔を見にこられなくてすみません。あと、夕飯ももっと豪華にしたかったんですけど、俺もいま試験前で手の込んだものが作れなくて……」

「ううん！　オムライスもきのこのスープも大好物だから、おいしくて幸せだったよ」

満面の笑みで返すとキヨがひどく甘やかな眼差《まなざ》しで目を細めて、くしゃくしゃと安里の頭を撫でた。うれしい気持ちがさらにふくふくとふくらむ。

数字の一と八の形をしたロウソクを立てて、「反対から見ると八十一歳だ」「もっと長生きしてくださいね」などとふざけあいながら幻想的にゆらめく火を吹き消した。

吹き消すときに願い事をするといいよ、と祖母が言っていたのを寸前で思い出して、とっさに「来年もキヨとこうしていられますように」と安里は心の中で願う。

十八年間生きてきて、少数派のメンタルエイリアンを自認している安里がこんなに仲よくなれたのも、一緒にいて楽しいのも、キヨが初めてだ。自分はもうすぐ高校生ではなくなってしまうけれど、生活サイクルが変わったあとも仲よくしてほしい。

切り分けてもらったケーキはふんわり品のよい甘さのきめ細かいスポンジ、香りと甘さと酸味のバランスがいい苺、濃厚なのに軽やかな生クリームが見事に一体化していて、口の中が幸せでいっぱいになった。冴香が奮発してくれただけある。

香り高い紅茶を飲んで満足のため息をついたら、「俺からもプレゼントがあるんですけど」とキヨがバッグの中から赤いリボンのかかった包みを取り出した。

「いいの……⁉」

おいしい夕飯も作ってもらったのに、と目を丸くする安里に、にっこりしてキヨが包みを差し出す。感激に胸を高鳴らせながら受け取ったそれは、平たくて硬くて薄い長方形——明らかにハードカバーの本だ。

「見てもいい？」

「ぜひ」

いそいそとラッピングを解いた安里は、大きく目を見開いた。

「これ……！」

「お気に入りだって言ってたでしょう？」

やわらかな笑みを見せているキヨにうっすら瞳を潤《うる》ませながら頷いて、安里は美しいブルーのグラデーションが表紙になっている本を抱きしめる。

図書館で出会って、キヨと一緒に見た写真集だった。

覚えていてくれたのがうれしくて、大好きな写真集をキヨがプレゼントしてくれたのも幸せで、体中がそわそわして落ち着かなくなった。

（ああ、そっか）

ときどきキヨが安里を撫でたくなる気持ちがわかった気がする。この喜びは、体でしか表せない。

「キヨ！」

「はい」

「ぎゅってしていい？」

「はい……⁉」

珍しくキヨがびっくりしているけれど、格好いい人は驚いていても格好いい。写真集を抱えたまま安里は彼に駆け寄る。

「すごくすごくうれしいから、ぎゅっとさせてほしい」

「えーと、感謝のハグってことですか？」

うん、と頷いてから、戸惑っている彼の様子に急に不安になった。

「あっ、いやだった？　……そうだよね、日本人だし、いい年した男同士なのに感謝のハグとかしないか……」

「いえっ、いやじゃないです！　ぜひ！　よろしくお願いします！」

思いがけないほど強い否定がきて、椅子から立ち上がったキヨが両手を広げる。

ウェルカムのポーズに顔をほころばせて、安里はキヨに抱きついた。頭上で息を呑んだ気配がしたけれど、かまうことなく安里はいつの間にか自分よりずいぶん大きくなった友人の体をぎゅうぎゅうと抱きしめる。

「プレゼントありがとう、キヨ。本当にうれしい。大事にするね」

「……どういたしまして。そんなに喜んでもらえたら、俺もうれしいです」

ゼロ距離だからか彼の声が耳だけじゃなく体ごと響く。照れているっぽい、でも喜んでいる声。それがうれしくて、幸せで、心がいっそうふかふかになる。

「安里さん……」

低く呟いたキヨに抱きしめ返されて、ぴょんと心臓と体が跳ねた。

「ほえっ？」

思わずこぼれた奇声と反応にキヨが目を丸くしているけれど、安里も自分の反応にびっくりした。顔を上げたら近くで目が合って、照れくさくなってへらりと笑う。

「キヨにハグされるとは思ってなかった」

「あ、すみません……」

「ううん。びっくりしただけだし。ていうか、キヨが女の子じゃなくてよかったあ」

「え」

「女の子相手だったらどんなにうれしくてもハグなんて絶対できなかったし、いまみたいに抱きしめ返されたら緊張で心臓が止まってた気がする」

「ああ……、俺のことを意識してないから平気、ってことですか」

なぜか苦笑混じりに言われたけれど、たぶんそうだろうと安里は頷く。

想定外のことをされてもキヨなら不安がないし、緊張しないでいられる。絶対に自分を傷つけないと信頼しているからだ。メンタルエイリアンにとって彼はオアシスというか、安全地帯のような貴重な存在である。

「お礼のハグ、気が済みました?」

「うん、ありがとう」

ぽんぽん、と離れるのを促すように軽く背中をたたかれて、安里は改めてお礼を言ってハグをほどく。キヨとくっついていると落ち着くから本当はもう少しこのままでいたかったけれど、普通に考えて同性に密着されているのはうれしくないだろう。

席に戻った安里は、はたと重大な事実に気づいてしまった。

「……僕、キヨの誕生日お祝いしてないよね？」

「ああ、気にしないでください。安里さんに会ったときには俺の誕生日終わってましたし」

「えっ、てことはキヨ四月生まれ？」

「はい」

現在二月、なんと十カ月以上の大遅刻だ。知らなかったとはいえ、自分から知ろうともしなかったし、彼のようにお祝いすることなど思いつきもしなかった。

我ながら友達甲斐がないというか、迂闊《うかつ》すぎる。でもこれは仕方ない。自分の誕生日さえ興味がなくてうっかり忘れる脳みそなのだ。

とはいえ、祖母が亡くなって、ひとりですごしていたはずの今日という日を、こんなにキラキラと幸せにしてくれたキヨの誕生日は特別だ。

大遅刻だろうとプレゼントのお返しをしたいと訴《うった》えたら、キヨが困り顔になった。

「お返しが欲しくて安里さんの誕生日をお祝いしたわけじゃないですし……」

「そうだとしても！　何か欲しいものない？」

「うーん……、じゃあ二カ月以内に考えておきます。四月にまとめてお祝いしてください」

二年分まとめて、という提案はたしかに合理的だ。でも。

「持ち越さずにちゃんとプレゼントしたいなー……。おばあちゃんも借金は駄目だって言ってたし」

「借金じゃないのに」

「僕にとっては似たようなものなんですー」

駄々をこねる安里に笑って、キヨが再考してくれる。

「んー……、図々しいお願いでもいいですか？」

「うん。なんでも言って！」

あのキヨが図々しいお願いをしてくれるなんて……とわくわくして食いついたら、思いがけないリクエストがきた。

「スペアキー、もらってもいいですか」

「この家の？」

「はい。もちろん駄目なら断ってください……っていうか、普通ＯＫしないと思うんですけど。ただ、安里さんが体調を崩したり、何かあって動けなくなったりしたときに、スペアキーを預けてもらっていたら安心だなって思って」

「いいよ。持ってくるね」

即答して祖母が使っていた鍵《かぎ》を仕舞っているチェストに向かったら、キヨが目を丸くした。

「そんなにあっさりいいんですか」

「うん。だってキヨだし」

はい、と鍵を渡したら、キヨはすごく貴重なもののように受け取った。

「……安里さんの信頼、大事にします」

「おおげさだなあ」

あははと笑った安里の頭に、ピコンといいアイデアが浮かんだ。

「せっかくだから、うちにキヨの部屋つくろっか」

「は」

「この家、使ってない部屋がいくつもあるんだよね。好きな部屋をキヨのものにしていいよ。荷物とか置いとけばいいし」

「え……でも、ほんとに……？　いいんですか」

「駄目だったら言わないよ〜」

鍵も部屋もお金のかかっていないプレゼントになったけれど、キヨはとても喜んでくれた。安里の気も済んでめでたしめでたしだ。

二月半《なか》ばの締切に余裕をもってニースの書籍化のためのイラストや漫画を描き終わり、たくさんの工程を経《へ》て、四月初めに見本誌が安里の許に届いた。

タイトルは『ニース絵日記』。

生まれて初めて自分の描いたものが本になった感動は言葉にならなかった。表紙からカバー下、帯、遊び紙、扉、一ページ一ページを大事に眺め、紙や印刷の質感、かすかなインクの香りを味わってしみじみと感動に浸《ひた》った。

見返すと最初のころに描いたイラストの粗《あら》が気になるし、あちこち未熟さが見えて恥ずかしさに身悶《みもだ》えたくなる。それでもすべてのページに自分なりの全力を尽くした本は、完璧じゃなくても我が子のように愛おしかった。子を産んだことはないし、今後も産めないけれど、きっとこんな気持ちなんじゃないだろうか。

さっそく初めての本を贈呈《ぞうてい》したら、キヨはめちゃくちゃ喜んでくれた。

面映《おもは》ゆさと幸せでいっぱいになってしまったせいで、「サインしてください」にうっかり頷いてしまったのだけれど、サインなんて書いたこともない。

「サインってどんなふうに書いたらいいの？　どこに書くのが正解なんだろう」

「安里さんの好きなように書いたらいいいんじゃないですか」

「そしたらただの記名になりそう……」

「それもおもしろいですね」

ふふっと笑いながらもキヨはネットで調べてくれる。

結果、サインのデザインも書く場所も本当に人それぞれだった。正解がないなら、やりたいようにやるのが結局正解だ。

サインをデザインしてくれるサービスもあったけれど、仮にも絵を描く者としては自分で考えたほうがいいだろうと安里は頭をひねった。出来たものは読みやすさと全体のバランスを重視したもので特にデザイン的なひねりはなかったものの、サイン一号をキヨはすごく喜んでくれた。

　それから間もなく『ニース絵日記』が発売された。

　打ち合わせで何回か顔を合わせた編集さんには「せっかくアイドルみたいなビジュアルしているんですから」と視力が心配になる褒め言葉付きで顔出しを打診されたけれど、頼りにしているキヨにも冴香にも「まだ十代だし、顔出しすることでおかしなファンがついたら心配」という意見をもらったので出さないことにした。

　ニースと愉快な仲間たちの何気ない日常がイラストと漫画で編まれた『ニース絵日記』は、鉛筆と水彩のタッチで丁寧に描かれたイラスト、ほのぼのした会話が癒《い》やしを求める人々に響き、ＳＮＳでの口コミや各オンライン書店での高評価と好意的なレビューのおかげでブレイクした。

　オルトのＳＮＳも発売直後から一気にフォロワー数が増えたのだけれど、認知度が上がると好みのミスマッチも起こりやすくなり、そのうちアンチが出てくる。

　好みに合わないなら「not for me」、自分以外の誰かに合う作品だと理解してさっと離れれば誰も嫌な気持ちにならないのに、世の中にはどうしても「自分は気に入らなかった」ということをアピールしたい人たちがいるらしい。

　オルトのＳＮＳにも好意的なコメントだけでなく、「どうしてこんなのが人気があるのかわからない」「起承転結もないし、深みもない。絵も素人っぽい」というようなコメントが届くようになった。

その手のコメントを初めて見たとき、安里は身体に不調をきたした。幸いだったのはSNSを更新したりチェックしたりするときは、わからないことがあったら教えてもらえるようにキヨがいるタイミングにしていたことだ。

胃のあたりを押さえて顔色を失った安里にすぐに気づいたキヨは、やりかけの問題集を放って背中をさすってくれた。

「腹痛ですか？　どうして急に……」

キヨの目が安里のスマートフォンの画面に留まり、顔をこわばらせる。背をさする手がゆっくりになった。

「安里さん、目を閉じて」

「う、うん……」

「大丈夫だから、俺の声だけ聞いて」

うん、と頷くとスマホを握る手に大きな手を重ねられた。

「これ、俺に渡して」

スマホを手放すと、よしよしと褒めるように頭を撫でられる。そっと包みこむように抱きしめられた。キヨの香りにほっとする。

「ゆっくり息して。一、二、三、で吸ったら、今度は六まで数えながら少しずつ吐いて。カウントしながら繰り返して」

言われたとおりにすると、カウントに集中することで余計なことを考えずにちゃんと呼吸できるようになった。浅かった呼吸が深くなるにつれて、少しずつ落ち着いてくる。ぽん、ぽん、とキヨがカウントを手伝うように背中を軽くたたいてくれているのにも安堵する。

「こういうのは通り魔とか、痴漢《ちかん》みたいなものだから」

「……？」

「相手がどれほど傷つくか、どういう気持ちになるかをまったく考えずに、ただ自分をぶつけてきてるだけなんです。自分が気持ちよくなることしか考えてないから、平気でこういうことをする。丁寧な言葉遣いで駄目出ししてこようが、雑な言葉で気に入らないところを羅列《られつ》していようが、結局のところ同じ。自分以外に見えないところならまだしも、世界中に開かれている場所で言わなくていいことを主張している人っていうのは感情や不満のはけ口を他人に押しつけているだけなんです。ちゃんと読まなくていい。安里さんは悪くない。嫌な気分になると思うけど、傷つかなくていいんです」

「でも……」

「ん？」

「僕が素人なのは事実だし……。ニースたちのことは大好きだけど、どうして人気があるのかは僕にもわからないし……」

「駄目ですよ、安里さん。イラストの仕事でお金をもらったからには、オルトはもうプロだ。プロとしての誇りをもって仕事をしなきゃ。それに、オルトがプロかどうかを決めるのは匿名《とくめい》の誰かじゃない、依頼人です。期日を守って、依頼した人が求めるクオリティの商品を出せたらそれはプロの仕事だし、人気だって、こうしたら確実に出るっていうものじゃないんだから安里さんがわかっている必要自体ないんです」

「そう……かなあ……」

「ていうか、『どうして人気があるかわからない』って批判の文脈で言っている人は、『自分は気に入らなかった』っていうのをただ言い替えてるだけですよね。自分の理解力や感受性のなさを、『この程度のものをいいと思っているなんて』というニュアンスをもたせた言い回しにしてマウント取ってるだけなのに、傲慢《ごうまん》さを自覚できてないから始末が悪い」

低い声は穏やかなのに、内容は容赦《ようしゃ》がない。珍しい態度に動揺も引っこんで、安里は目を丸くして顔を上げた。

「キヨが毒舌だ……」

「そう？　俺は事実を言ってるだけですよ」

にこりと笑う彼は一見いつもどおり。だけど、目の奥が笑っていない。

「キヨ、怒ってるの……？」

「……そうですね。安里さんを傷つけられて、すごく腹が立ってます。自由に発言する権利は当然認めてますが、それは発言の仕方にマナーがいらないってことじゃない。むしろ匿名だからこそ、自分の本性《ほんしょう》が出るのを自覚して、言葉遣いも発言の場も考慮するべきですよね」

「あ……、それ、『憧《あこが》れの人の目の前で言えないようなことはネットでも言うな』ってやつ？」

「うん、それくらい緊張感をもっていたらトラブルもないと思います。気軽に使えるのがネットのいいところですけど、気軽に悪用されたら規制に繋がりますからね。まあ、そのへんの因果関係がわからない人には何を言っても伝わらないでしょうけど」

「また毒舌キヨが出てきた……！」

「おっと失礼」

ぺろりと悪戯《いたずら》っぽくキヨが唇を舐《な》めて見せる。毒の舌というには色っぽくて、ドキリとして安里はとっさに目をそらしてしまった。

その仕草を誤解したキヨが少し困ったような声で聞いてくる。

「毒舌な俺はいやですか？」

「そ、そんなことないよ。キヨはいつもやさしいから少しびっくりしたけど、ちょっと格好いいなって思った。なんか、さすが将来の弁護士って感じだった！」

「ええ……？　弁護士っぽいことは特に言ってないけどなあ」

「言ってたよ～！　どんどん言葉が出てくるし、説得力あるし、怒ってるっていいながら冷静だし。キヨのおかげでおなかが痛いような気がしてたのも大丈夫になったよ」

「ならよかったです」

実際、コメントによってもたらされたショックと苦痛と悲しみはだいぶ軽くなっていた。傷が完全になくなったわけじゃないけれど、耐えられるくらいにはなっている。

でも、これから何度も同じようなことが起きるのだろう。気にしないようにしようと思っても、高確率で通り魔が出るのがわかっていたら外に出るのが怖くなる。一方的にぶつけられる暴言は避けようもない。

やっていけるかなあ、と今後に不安を覚えたら、キヨに思いがけない提案をされた。

「オルトのSNSの管理、これからは俺に任せてもらえませんか？　安里さんがつらい思いをして、ニースたちを描けなくなったらいやなんで」

「え……、でも、そうしたらキヨがしんどいんじゃない？」

通り魔コメントも見ないといけないし、と心配する安里に彼がふわりと表情をやわらげる。

「大丈夫です、俺は安里さんほど繊細《せんさい》じゃないんで。……そういうふうに思いやれる人だから、感受性を守ってあげたいんです」

「あ、ありがと……」

眼差しにどぎまぎしながらお礼を言うと、にこっと笑って彼が続けた。

「あと、ネットの誹謗《ひぼう》中傷やトラブルについてサンプルを得るなら、フォロワー数が多いオルトのアカウントのほうが俺みたいな一般人の高校生より効率がよさそうです」

そこまで言われたら気が楽になった。

以来、オルトのアカウントはキヨが管理している。安里はイラストや漫画のデータを渡すだけだ。彼がそれらを公開して、寄せられた好意的なコメントだけ見せてくれる。応援コメントはどれも本当にうれしくて、たぶん送った人が思う以上に安里はやる気をもらっている。

おかげで締切がタイトでもつらくないのだけれど、かつて見たコメントを思い出しては安里はときどき心配になる。

「厳《きび》しい意見も受け止めたほうが成長できるんじゃないかなあ……」

「成長したいなら正規ルートで勉強するほうが早いです。あんな匿名の、どこの誰かもわからない相手の自己満足コメントに左右されたら逆にブレますよ」

さらりと正論で諭《さと》される。ごもっとも……と心の中の垂れ耳をさらに垂れさせる安里の頭を撫でながらキヨが続けた。

「ていうか、厳しくしたほうが成長するなんていうのは前世紀の迷信です。褒めたほうが人はよりよく伸びるという実験結果も出ています」

「そうなの……？」

目を瞬く安里に彼が頷く。

「芽が出たときに踏みにじっても咲いた花はたしかに生命力が強いでしょうが、その花をもっと丁寧に育てていたら、もっと大きくて美しい花を咲かせたかもしれません。ほとんどの花を駄目にして一輪を求めるのも非効率的です。厳しい意見でやる気が漲《みなぎ》る負けん気の強いタイプなら見ればいいですが、安里さんは違いますよね」

「うん……」

自分でいうのもなんだけれど、石を投げられたら物陰に隠れてぷるぷる震えている怖がりうさぎメンタルだ。攻撃内容によってはクリエイターの部分がショック死する。

そう思うとキヨの庇護《ひご》をありがたく甘受していたほうがよさそうだ。でも。

「正規ルートで絵の勉強したいけど、全然学校に行く暇《ひま》ないから……」

「ああ……、『ニース絵日記』が出てから依頼が激増しましたもんね」

オルトは連絡先を明かしていないから仕事の依頼はSNS経由でくる。管理を担当しているキヨはすべて把握《はあく》しているのだ。

「せっかく専門学校にプロの先生がいるのに、この一カ月でまだ二日しか行けてないんだよ〜。もう完全に置いていかれてる……」

「まあ仕方ないですね。依頼はできるだけ引き受けたいんでしょう？　そしたら締切が次々きますよね。学校に行く余裕も課題をする時間もないですよね」

「ううう、わかってる……」

あやしげな相手や納期が厳しい依頼は断っているけれど、ぽっと出の新人イラストレーターに声をかけてもらえるだけでありがたくて安里は引き受けてしまう。

カット一枚だとしても求められている内容を把握し、モチーフやキャラクターや構図を考え、ラフを描き、清書して、仕上げの作業をして、送る。場合によってはラフの段階で何度もやり直しがある。納品書と請求書も忘れてはならない。

これらの作業をこなすのに物理的に必要な時間というのはあるし、いつでも調子よく描けるわけじゃない。

ついでにいうと、依頼主とのやりとりもコミュニケーション能力が低めの安里にはけっこうな負荷だ。仕事用に取得したメールでやりとりをしていても、ビジネス的な言い回しがわからなくて何度もキヨに助けを求めている。

というか、高校二年生にしてビジネス定型文がさらさら出てくるキヨはいったい何者だ。ビジネス例文集を読んだだけであんなに暗記できるものだろうか。

ともあれ、『ニース絵日記』のおかげでイラストレーター兼漫画家として認知が広まったオルトは忙しく、安里は専門学校で完全に名前だけの学生になってしまった。

なんとかして通いたかったけれど、六月には『ニース絵日記』のキャラクターたちのグッズ化の話がきてますます忙しくなり、いまさら通いづらくなったこともあって、安里は専門学校での勉強をあきらめた。

でも、専門学校の授業用に購入したテキストは役に立った。テキストやネットで自分なりにわからないことを調べながら、安里はイラストレーター兼漫画家として描き続けている。

『ニース絵日記』はSNSで連載を続けていたこと、口コミの影響で長く売れてくれて、重版を繰り返した。グッズも売れて、文具やお菓子、玩具メーカーともコラボで商品を出すことになり、翌年にはなんと地上波で五分アニメになった。ニースたちの活躍と共にオルトの認知度が上がり、さらに依頼が増える。

まさに絵に描いたようなサクセスストーリー。

鉛筆で描いた雰囲気のふんわりキャラ、水彩画風の塗《ぬ》りがオルトの人気の画風だけれど、切り絵風や細密画風の依頼も増えている。いまは挿絵《さしえ》や漫画のほかに、キャラクターデザインや各種パンフレット、企業の広報用、書籍用カバーイラストなども引き受けている。

ぽやぽやしている安里が大きなトラブルに巻き込まれることもなくフリーランスで働けているのは、キヨと冴香のおかげだ。

特にキヨは半ばオルトのマネージャー状態でサポートしてくれている。負担をかけて申し訳ないのだけれど、「俺がしたくてやってるんで気にしないでください」とやさしいことを言ってくれる。

ずっとタダ働きさせていることにある日やっと思い至って、アルバイト代を出そうとしたのだけれど、「雇用関係になるのは嫌なので」と断られてしまった。

しゅんとしていたら、「代わりにってわけじゃないんですけど、卒業後は安里さんちから大学に通わせてください」と申し入れられた。ルームシェア……いや、この場合は家だからハウスシェアだろうか。

キヨが夜になっても自宅に帰らずに、ずっとそばにいてくれたらうれしい。

喜んで受け入れて、彼が高校を卒業してすぐに同居生活が始まった。もちろん冴香の同意ももらっている。

「安里くんと同居ねえ……。べつにいいし、むしろキヨがついててあげたほうが安心ではあるけど、なにごともきちんと同意を得るのよ?」

「わかってるよ」

キヨによく似た美しい切れ長の瞳を半眼にして、なにやら含みがありそうな口調で息子に念を押した冴香に、キヨは苦笑混じりで返していた。

とりあえず、同居人の親であり、安里が成人したあとも後見人として気にかけてくれている冴香に同居を反対されなくてほっとした。

ちなみに、これまでの労働費ということで家賃は断固お断りした。結果、キヨは率先して家事をしてくれるようになってしまった。

「も〜、キヨってば、僕のこと甘やかしすぎ」

「そんなことないですよ。俺の本気、見てみたくないです?」

「まだ本気じゃないの……!?」

目を丸くする安里ににっこりして見せる。無言の肯定だ。

見てみたい気がしたけれど、遠慮した。

「これ以上キヨに甘えたら駄目だから、やめとく」

なぜか残念そうな顔をされたけれど、面倒見がいいにもほどがある。

出会って五年目、同居して三年目。徐々にキヨの敬語も抜けて、いまでは家族みたいに仲よくやっている。一緒に暮らすリズムもできて、このままずっとキヨといられたらいいなと思うくらいに毎日が幸せだ。

キヨの言動や眼差しに心臓が落ち着かなくなることがあるけれど、美しい景色や素晴らしい音楽、好みのイラストに出会ったときに胸がときめいて息が苦しくなるタイプの安里は、あれだけ格好いいんだから仕方ないよな、とすんなり受け入れている。

人間に対してそんな症状が起きているのは、キヨ限定だということにも気づかずに。

◇◇◇

彩色に没頭している安里の意識に強引に割りこんできた音があった。

スマホのタイマーだ。止めて、大きく伸びをする。仕事を始める前に持ってきたポットからマグにほうじ茶を注ぎ、休憩《きゅうけい》タイム。

「今日は集中できてたなー」

仕事を始めてからタイマーが鳴るまで一瞬だった。けれども実際は四時間たっていて、もうお昼だ。

集中すると飲食を忘れる安里に、昼休憩のタイマーをセットするようにアドバイスしてくれたのもキヨだ。

素直に従っているのだけれど、ほぼ家から出ないうえにスマホを活用していない安里はときどきどこにやったか忘れてしまう。迷子のスマホは毎回キヨに保護され、仕事部屋の定位置で充電されている。おかげでいちいち探さずにタイマーを止められるし、連絡がきたらすぐにわかる。

ほうじ茶を飲みながら待っていたら、ぽこん、とスマホにメッセージが届いた。

『ランチタイム！』のスタンプ——サンドイッチを両手で持ったロップイヤーのうさぎがにっこりしている——は、キヨみたいに格好いい大学生男子が使うにはラブリーすぎるけれど、安里にお昼を知らせるために平日は毎日届く。ちなみにオルトの作品だ。

スタンプのニースと同じように安里もにっこりして、『了解！』とこちらからもニーススタンプを返した。考えてみたらニースとニースで会話していてちょっとシュールだけれど、画面は可愛い。

仕事部屋を出て向かったキッチンの冷蔵庫には、毎日手書きの付箋《ふせん》が貼られている。読みやすくて綺麗な字はキヨのもの、本日の安里のランチに関する置き手紙メモだ。

『お疲れさま。今日はチキングラタンです。ラップをはずして電子レンジで五分温めて、オーブンで百八十度で十二分。焼き始めたら連絡して。バゲットはトースターで二分。どっちも取り出すときにやけどしないように気をつけて。デザートは冷蔵庫に胡桃《くるみ》ケーキ』

「ふむふむ」

冷蔵庫を開けると、安里のランチ専用コーナーにチキングラタンと食べやすいサイズにカットされたバゲット、胡桃ケーキが入っていた。グラタンとケーキはキヨの手作り、バゲットは彼のお気に入りのブーランジェリーのものだ。

「キヨ、ごはんだけじゃなくお菓子作りも得意なんだよね～」

特に胡桃がたっぷり入ったパウンドケーキは安里の好物で、ゆうべ焼いているときにめちゃくちゃいい香りがしていて今日が楽しみだった。パウンドケーキは焼きたての熱々ふわふわもおいしいけれど、一晩寝かせて生地がしっとり馴染んだらもっとおいしい。

その違いを知れたのもキヨのおかげだ。

本人は「ちゃんと量《はか》ったら失敗しないし、俺が作ってるのは簡単なやつだけなんで」と謙遜しているけれど、あんなにさりげなく料理もお菓子作りもこなして、しかも出来上がりが完璧だなんて、さすがは高次元存在キヨ様である。

感謝の合掌《がっしょう》をして、安里は指示どおりに食事を温めた。電子レンジとオーブンレンジの使い分けも同居を始めたころにキヨに教えてもらったおかげでばっちりだ。

グラタンをオーブンに任せたところで、メモの指示に従ってキヨにメッセージを送った。

『ミッション五十パーセント完了。オーブン待ち』

すぐに返事がきた。

『電話していい？』

ニーススタンプの『カモン』を送った直後に電話がかかってくる。

「もしもし、安里さん？　オーブンのスタートボタン押した？」

「う……、今日はちゃんと押しました」

数日前、うっかりスタートボタンを押し忘れていつまでも焼きあがらないドリア事件を起こした犯人として安里は身を縮める。念のためオーブンをのぞきこんで、明るい庫内のグラタンの表面がふつふつしていることにほっとした。

キヨの背後でざわめきや笑い声が聞こえる。

大学生の彼はこの時間帯は友人たちとランチタイムのはずだ。邪魔するのは申し訳ないのに、キヨは温めに時間がかかる料理のときはいつも安里の食事の支度が終わるまで電話で付き合ってくれる。

（僕が頼りないからいけないんだけど……）

温めるのに時間がかかると、待っている間に安里はそのへんにあるメモ帳やスマホに落書きしたり仕事用のアイデアラフを描き始めたりしてしまう。

うっかり集中して、気づけば温めたはずのごはんが冷めていたり、オーブンで焼いていたものがこんがりしすぎたりしてしまうから、キヨは待ち時間に電話で付き合ってくれるのだ。

電話ごしで聞くキヨの声は普段とはまた違った感じがしてドキドキするし、離れていても同じタイミングで「いただきます」を言えるのはうれしいけれど、みんなといるときにひとりだけ電話をしていたら嫌がられるんじゃないだろうか。

心配するのに、本人は「大丈夫だよ」とあっさり言ってのける。

曰《いわ》く、親しい友人たちにキヨはイラストレーター「オルト」と同居しているのを明かしていて、オルトの画風から数々のおとぼけエピソードもすんなり受け入れられ、「そりゃ電話してやらないとな」と納得されているらしい。……みんなの鷹揚《おうよう》さがありがたいけれど、ちょっぴり複雑な気分だ。

ちなみにあまりの面倒見のよさに「恋人かよ！」というツッコミも入っていたそうだけれど、キヨがあまりにも平然としているのでいまでは誰も何も言わないとのこと。

（ていうか、やっぱりキヨの面倒見のよさって平均以上だよねえ）

比較対象がないから確信をもてなかったけれど、ツッコミが入る時点で確定だ。

（ニースさまさまだなあ）

彼の愛《まな》うさぎのおかげでこんなに面倒をみてもらえるうえに、仕事面でもニースがきっかけでブレイクした。

感謝をこめてこれからも可愛く描こう、と心に誓《ちか》いながらキヨと他愛《たわい》もないことを話していたら、キヨの背後の声が少しにぎやかになった。新しく誰かがやってきたらしい。

キヨが話しかけられたようで、「ちょっとすみません」と声が遠くなる。ほどなく戻ってきた彼が、どことなく歯切れの悪い口調で思いがけないことを言った。

「……ゼミの後輩にオルトの大ファンっていう子がいて、本当に安里さんがキャラデザしたグッズで持ち物そろえてるんだけど、いま、友達がうっかり俺の同居人だってバレる言い方しちゃったみたいで……。話したいってめちゃくちゃアピールされてるんだけど、少しだけ相手してもらっていい？」

キヨの声に重なって「五秒でいいですから！」という訴えが聞こえる。可愛らしくて高い声は間違いなく女の子だ。

緊張するものの、ファンはうれしい。顔出しをせず、素性《すじょう》も明かさずに活動している安里にとってこういう体験は初めてだ。

「う、うん、いいよ」

どぎまぎしながらも了承したら、キヨがスマホを近くにいる誰かに渡した気配がした。緊張と興奮に満ちたソプラノが響く。

「もっ、もしもしっ、オルトさんですか⁉　わたし、茅野萌音《かやのもね》といいます！　オルトさんの大ファンです！」

「あ、ありがとうございます……っ」

つられてこっちまで緊張してしまいながらもお礼を言ったら、「きゃあああっ、オルトさんの生声……っ！」といまにも鼻血を噴きそうなテンションの悲鳴があがった。女の子ってこんなに高い声が出せるんだなあ、と思わず感心してしまう。

遠くでキヨの声が割りこんだ。

「はい、五秒」

「まって、まってくださいキヨさん……っ、あと十秒だけっ！」

「しれっと倍増させない」

キヨが苦笑している気配、「すみません～！」という萌音の声に「いいじゃんキヨ、あと十秒くらい」「そう言っている間に秒数は減ってるけど」「会話を始めてから十秒っていう条件なんじゃない？」などと周りの声が重なる。どうやら萌音はスマホを取り戻そうとするキヨから逃げ、周りはおもしろがっているようだ。

わちゃわちゃと仲がよさそうな雰囲気に胸の中に言いようのない感覚が広がったけれど、それが何か追及する余裕はなかった。十秒を勝ち取った萌音の早口がスマホから流れてきたからだ。

「オルトさんのデザインしたキャラクターグッズぜんぶ持ってます！　ぜんぶ好きです！

ニースちゃんのシリーズの世界観が大好きです！　スマホもニースちゃんのカバーで可愛すぎて一生使うぞって感じで、待ち受けは毎月配信されている切り絵風シリーズで月ごとに変えさせてもらっているんですけど、三月の桜とモグラも大好きでしたし四月のタンポポと猫も大好きですし来月も楽しみです！　それからそれから……ああもう、大好き以外言えなくてすみません！」

「う、ううん、ありがとう」

怒濤《どとう》の告白にお礼しか言えない安里に、萌音からは「こちらこそありがとうございますぅう！」となぜか泣きそうな声で返される。

「ほら、茅野、もう返して」

「はい……っ、ありがとうございました」

少し遠いやりとりが聞こえ、馴染み深いキヨの低い声が耳に戻ってきた。

「もしもし、安里さん？　予定より増えてごめんね？」

「ううん。びっくりしたけど、すごくうれしかったよ」

勢いに押されてちゃんと返事してあげられなかったけれど、もらった言葉はどれも本当にうれしかった。可能なら感謝のハグをしたいくらいだ。

そう言ったらキヨが少し無言になった。

「……そういうの、あんまり軽い気持ちで言わないほうがいいよ」

「あ、そっか。茅野さんは女の子だし、セクハラになっちゃうね」

「いえ……、本人は喜びそうだけど、誤解されたらいけないでしょう」

「誤解？」

「安里さんに恋愛的な好意を期待するかもしれないってこと」

「え〜、顔も知らないのに？　ていうかキヨみたいに格好よかったらまだしも、僕だよ？　ないない」

「……安里さん」

忠告する口調で名前を呼ばれるときは、「大事なことを理解していないので一からきちんと説明したいところですがどうしますか」というニュアンスが含まれる。

この場合、「自分には恋愛的な好意を期待されない」と思い込むなということだ。うむ、世の中に絶対ということはないなと安里は返事を変更した。

「うん、気をつける」

「お願いします」

真剣に返したキヨに、安里はなんとなく気になっていたことを聞いた。

「茅野さんって可愛い？」

「……珍しいね、安里さんがそういうこと気にするの」

声のトーンが低くなったけれど、周りに聞こえないようにするためだろうと理解して安里は続ける。

「や、なんか、声がすごく可愛かったから……。見た目もそうなのかなって思って」

「……好みは人それぞれだからね」

少し考えるような間を置いて返された答えは、肯定も否定もしていない。

「気になるの？」

「べ、べつに……っ」

「安里さん、嘘が下手《へた》だよねぇ」

少し困ったような、ため息混じりの呟きには返事のしようがない。自分でも嘘をついたのはわかっている。

「……そんなに気になるなら、好きな人がいるかさりげなく聞いておこうか」

ためらうような間のあと、やけに平板な声で切り出された安里は目を瞬いた。

「茅野さんに？　なんで」

「なんでって……、安里さんがそういう関心を他人にもつの初めてだし、一応……いや、友人なら最低限そのくらいは協力すべきかなって」

「えー、大丈夫だよ。そういう気になるじゃないから」

「んん……？　じゃあ、どういう『気になる』？」

聞き返されて、我ながら華麗に墓穴《ぼけつ》を掘ったことにいまさらのように気づいた。自分でもよくわからないことを説明するなんて苦手中の苦手だ。

「えーと……、キヨの周りに女の子がいるんだなあって思ったら、なんとなく？　いままで何も思わなかったのに、急に？　どういう子なのかなあって気になった？　感じ……？」

やたらと語尾にクエスチョンマークがつく変な話し方になったせいか、スマホの向こうが無言になった。

「キヨ……？」

「ん、ああ、ごめん。ちょっと予想外っていうか、期待以上っていうか、でも安里さんだから真に受けて大丈夫なのか葛藤《かっとう》してた」

「なに言ってるかよくわかんないよ……？」

「うん、わかんなくていいよ。俺もよくわかんなくなってるし」

笑みを含んだ声はさっきまでと打って変わってひどく機嫌がいいけれど、内容はいつもの彼らしくない。キヨはいつだって、なんでもわかっている感じなのに。

戸惑っていたらオーブンがグラタンの焼き上がりを知らせた。

そろそろ電話を終わらせないと、と思いつつ、もう少しだけ声を聞いていたくて安里は話をふる。

「キヨのお昼は何にしたの？」

「俺？　学食のミックスフライ定食」

「揚《あ》げ物《もの》かあ……、唐揚げ入ってる？」

「うん。食べたいの？　夜にしようか」

「えっ、あっ、べつにそんなつもりじゃなくて……っ！　ていうか、キヨが昼も夜も同じになっちゃうし……っ」

「べつにいいよ。ミックスフライだと一個しかついてないから物足りないんだよね。ほかにリクエストがなければ今夜は唐揚げにするけど、いい？」

「う、うん。……ありがと」

「いえいえ。俺も食べたいから今日は唐揚げ記念日ってことで」

「はっ、それは古典のサラダ記念日的な……!?」

「あれ、安里さんの中ではもう古典ジャンルなの？」

やわらかな笑みを含んだ声にこっちまで楽しい気分になって、顔がほころぶ。さっき胸に広がったもやもやもどこかに行ってくれた。

「じゃあ、午後もお仕事がんばってね」という言葉に「キヨも勉強がんばってね！」と返し、名残惜しさを我慢して通話を終える。と、五秒もせずにスタンプが届いた。

ニースの親友、わんこのユーがシェフの格好で『ボナペティ！』とご馳走《ちそう》を勧めているものだ。このランチを作ってくれたキヨのイメージが重なって、自然に唇がほころぶ。

楽しい気分で安里からはニースの『いただきます』を返した。キヨはいつもさりげなく、こういう気遣いをくれる。

メモのアドバイスに従って、やけどしないように気をつけて焼き上がったグラタンを取り出した。こんがりしているチーズがふつふつしている様はおいしそうだけれど、猫舌の安里はすぐには食べられない。少し冷めるのを待つ間にバゲットをトーストする。

冷蔵庫に常備されているミネラルウォーターの霧吹きでシュッと表面を湿らせ、トースターに入れた。このひと手間で焼きたての美味《おい》しさが甦《よみがえ》るのもキヨに教えてもらった。

食後は後片づけをして、仕事を再開する。キヨがいない間はひたすら仕事をしているのが安里の日常だ。

忙しいというのもあるし、描く以外に特にしたいことがあるわけじゃないからだ。強《し》いていうなら仕事の絵より落書きのほうが楽しい。完成度を考えなくていいから。

(思うように描けるときばかりじゃないもんなあ)

依頼の内容がどうこう、というより、技術や調子の問題だ。

機械にもなんとなく調子が悪い日がある。人間だったら調子のブレがもっと大きくても仕方がない。

プロとして仕事をするからには一定のクオリティで作品を仕上げるのが大事だし、実際にそのときどきの全力を尽くしているけれど、どうしても調子のよしあしはある。周りにはわからなくても、確実に。

常に好調ならいいのだけれど、不調になる理由が自分でもわからないのが困る。体調がよくても、メンタルが落ち着いていても、やる気があっても、描けないときは本当に思うように描けないのだ。

それでも引き受けたからには仕事として、そのときどきのベストを尽くして描く。そうすることしかできないから。

あとは、とにかく基本に返ろうと安里はデッサンに励《はげ》む。多忙ゆえに通うのをあきらめた専門学校のテキストを仕事の合間に読んだ結果、形のイメージを正しく摑み、脳と手の連携《れんけい》をよくするのにはデッサンがいいと学んだからだ。

カラーの塗り方はテキストだけじゃなく、ネット動画でも勉強している。好みの塗り方をしている絵師が塗り方を公開していたら、真似して塗ってみる。そうすることでアナログでもデジタルでも新たな技術やツールを使いこなせるようになり、表現の幅《はば》が広がる。

ネットのおかげで、世界中のプロから学べる。

本当に助かっているけれど、あくまでも独学だから安里はいまだに気持ちのうえでアマチュア感覚が抜けない。依頼をもらえるのが毎回不思議で、自分なんかに依頼してくれるなんてありがたいな、自分でよかったら精いっぱい描こう、と思うのだ。

付き合いのある編集さんたちには「実践《じっせん》してこそ技術も知識も身につきますし、締切を守ってこちらの希望以上の作品を出してくださるオルトさんはちゃんとプロですよ。とっくに人気イラストレーターなのに『自分なんか』って思わないでください」と苦笑混じりで窘《たしな》められているけれど、この感覚は抜けそうにない。性分なのだろう。

午前中に描いていたカラーイラストは今日中に完成できそうだった。

とぷん、と水に浸《つ》かるように安里の意識は絵の世界に入る。描いているものの色、質感、温度、匂い、音。それらをイメージどおりに再現するために手を動かす。

春の雨。やわらかく、しっとりと世界を濡らす雨。雨と花の匂い。光。音。さあさあとやさしい、静かな雨音。雲間から射す光にきらめくような——。

（んん？　ざあざあになってる……？）

絵の中でさあさあと降っていたはずの雨の音に違和感を覚えて、手を止める。雨音は止まらない。ざあざあ聞こえる。

「あ、外か……」

普段は雨音で意識が現実世界に戻ってきたりしないのに、珍しいこともあるなと思いながら窓の外を眺めた。

降っているのは大粒《おおつぶ》の雨のようで、音が大きい。木香薔薇《もっこうばら》が雨にけぶって見えて、せっかく満開なのに散ってしまわないか心配になる。そういえば、ほかにも心配すべきことがあったような……。

はっとして立ち上がった。

「布団……！」

ダッシュでリビングを回って庭に出る。雨は音に違《たが》わず見事な降り方で、顔や髪が大きな粒であっという間に濡れてゆく。

ふかふかになるはずだったキヨの布団の表面はすでにぐっしょりしていた。重たい布団を背負ってなんとか室内に戻し、二階に駆け上がって自分の布団も背負い投げで取りこむ。やはりずぶ濡れだ。

「あああ……どうしよう……」

ショックで泣きそうだけれど、まだ洗濯ものが残っている。息をきらしながらも階下に戻り、ベランダルーフのおかげでほぼ無事だったことにほっとしながら室内に移動させた。

一連の作業を完了させた安里は、空気が抜けたようにリビングの床にへたりこんだ。日頃の運動不足もたたって酷使《こくし》した足と肺が痛い。

「うう、雨め……」

もちろん雨が降らないと困るのはわかっている。でも、よりにもよってあんなにうららかに晴れていたのに、キヨのぶんまで布団を干していたのに、こんなに容赦《ようしゃ》なく降らなくてもいいじゃないか。

なんとか息が整ってきたところで、力なく立ち上がってタオルを一枚取ってきた。頭からかぶって雫を拭いながら、おそるおそるさっき雨から救助した布団の状態を確認する。

キヨの布団は、放り出された場所でぐったりとうずくまっていた。全身で「今夜は一緒に寝られません」とアピールしている。端っこを持ち上げてみてもふんわりどころかずっしり、これだけ濡れていたら布団乾燥機もお手上げというレベルだ。

確認するまでもなく、これより後回しにした自分の布団も同じ惨状《さんじょう》だろう。

「どうしよう……」

ふかふかにするはずが水も滴《したた》るじめじめ布団を爆誕させてしまった。責任を感じるものの責任の取り方がわからず、安里は涙目でスマホを手にした。

哀《あわ》れな布団たちの写真を撮って、同居人に懺悔《ざんげ》のメッセージを送る。

『雨に気づかなくて布団が駄目になりました……。ごめんなさい』

間もなく既読がついて、返事がきた。

『いいよ。干そうとしてくれたんだよね。ありがとう。近くに布団の丸洗いができるコインランドリーがないか調べてみる』

「キヨぉ……」

頼れる同居人のやさしさと問題解決能力に、思わずスマホを捧《ささ》げ持《も》って本気で泣きそうになってしまった。

数分もせずにまた連絡がきた。今度は電話だ。

「調べてみたけど、うちの近所だと布団の丸洗いができるコインランドリーがなかったんだよね。代わりにクリーニング店があったから、引き取りにきてもらうことにしたよ。布団をたたんで玄関まで持って行っておいてくれる？　三十分後くらいに来ると思う」

「うん、わかった」

「仕上がりは明日以降になるってことだから、今夜は客用の布団を使おう。乾燥機と布団用掃除機かけててもらっていい？」

「もちろん！　ありがとう、さすがキヨ……！」

「たいしたことしてないよ。安里さんこそ、ちゃんと知らせてくれてありがとう」

「そんな……、お礼言われたら困る……。大失敗したのに」

ふふ、とキヨが笑う。

「失敗したことは褒めてないよ。隠さないで報告してくれたことにお礼を言っただけ。……あ、報告といえば、今日は少し帰りが遅くなるかも」

「え」

「引っ越しのバイトのほうが人手が足りないみたいで、急遽《きゅうきょ》ヘルプで入ることになったんだ。単身者で近場だからそんなに遅くはならないと思うけど、もしおなかがすいたら冷凍庫にあるストックから好きなのレンチンして食べてね。唐揚げはないけど」

「待ってる」

語尾にかぶり気味に返したら、くすりと彼が笑った。

「そんなに唐揚げ気分だった？」

「違うよ、キヨと一緒にごはん食べたほうがおいしいから……」

「ん、そっか」

耳元で響くやわらかな声は、短い相槌《あいづち》なのに胸をきゅっとさせる。たぶんいま、安里がドキドキしてしまう眼差しをしているに違いない。

電話だと耳のすぐ近くでキヨの声が聞こえるのがいいけれど、顔が見えないのが残念だなあと思いながら通話を終えて、指示どおりに濡れた布団をたたんでボリュームによろめきながら玄関前に運んだ。

間もなくクリーニング店のスタッフさんが引き取りに来てくれ、哀《あわ》れな布団たちを見送った安里は第二のミッションに取りかかった。

客用の布団に乾燥機と布団用掃除機をかけるのだ。

絶対に失敗しないようにとスマホのタイマーも活用して、約二時間半後、安里は無事にミッションをコンプリートした。ハレルヤ、今夜の寝床も守られた。

安心して仕事に戻り、カラーイラストの仕上げにかかる。けれどもいつになく動き回ったせいか、ほっとしたせいか、ゆうべの睡眠不足がものすごい勢いで襲ってきた。勝手に目が閉じてしまう。

抵抗をあきらめて、安里は仕事部屋の片隅にあるロッキングチェアに移動した。祖母から譲《ゆず》り受《う》けたこの揺り椅子は、横になるより浅い眠りですむから仮眠にちょうどいい。吸い込まれるように落ちた眠りの世界に浸《ひた》っていたら、遠くで「ただいまー」という声が聞こえて意識が浮上した。

くっついていたがる目をこすりながら時計を見ると午後七時すぎ、いつの間にか二時間もたっている。我ながら睡眠の才能がありすぎて怖い。

寝起きゆえにちょっとふらつく足で仕事部屋を出たら、洗面所から水音が聞こえた。いそいそと向かう。

「おかえり、キヨ」

声をかけると、手と口をタオルで拭ったキヨが振り返る。

「ただいま。……今日はバイトでけっこう汗かいたけど、やるの？」

「お願いします」

真顔で答えたら、「わかりました。どうぞ」とあきらめ顔で彼が両腕を広げた。にっこりしてそこに飛びこんだ安里は、しっかりとした厚みのある大きな体を抱きしめる。

高校のころよりぐんと大きく、逞しくなったキヨの硬い胸で響く力強い鼓動、自分より高い体温を感じると、彼が無事に帰ってきたことを実感してほっとする。

出て行くキヨを見送る言葉と同じく、おかえりのハグも日課だ。同居を始めたころにお願いして、させてもらえるようになった。

ハグの主導権は安里にあって、満足したら離れることになっている。いつもはあまり長くならないように気をつけているのだけれど、まだ少し眠気が残っているせいか本能が強くて、ひどく離れがたかった。

「安里さん……？　えっと……、俺、汗くさいんじゃない？」

見上げると困ったような、申し訳なさそうな顔をしていて、胸がきゅんとなった。心配しなくても大丈夫なのに、と笑顔で安里は返す。

「ううん。キヨの匂い、好きだよ」

はあ、となぜか大きなため息をつかれる。

「何か変なこと言った……？」

「なんでもない。気にしないで」

わしゃわしゃと頭を撫でられる。気になったけれども、やさしい手で頭を撫でられているとまあいいか、という気分になってしまう。

満足するまでハグさせてもらってから、キヨがシャワーを浴びている間に本日の夕飯の献立《こんだて》の中から自分が担当することになったサラダ作りを始めた。

キヨに教えてもらったおかげでそれなりに——簡単なものばかりだけど——料理ができるようになった安里は、延々と刻む作業が好きなのでコールスローサラダが得意（？）だ。味付けに柚子胡椒《ゆずこしょう》と醬油をちょっぴり足して和風にするのがオリジナル要素になっている。

無心に千切りをしていたら、キヨがやってきた。くすりと笑う。

「千切り中の安里さん、職人みたいだよね」

「職人歴はキヨより短いけどね」

「時間は追い越せないからねえ。筋は悪くないよ、後輩職人くん」

「ありがとうございます、先輩」

軽い冗談を交わしたあと、二人同時に照れ笑いした。

「安里さんに先輩って言われるとドキドキするね」

「偉そうなキヨも新鮮だった」

シャワー前に下味をつけておいた鶏肉《とりにく》に粉をまぶしてキヨが揚げ始め、ニンニクと生姜《しょうが》、醤油などの混じったおいしそうな匂いが空腹を刺激する。コールスローサラダを作り終えた安里は、早く夕飯にありつくためにも「先輩」に次の指示を仰いだ。

「ほかには？」

「味噌汁《みそしる》もほしいよね。冷蔵庫に豆腐があったはず……」

キヨの指示を受けながら安里が豆腐となめことわかめのお味噌汁を作り、三十分後には二人で協力した夕飯が完成した。

からりとジューシーに揚がった唐揚げをほおばり、安里は至福の笑みを浮かべる。

「キヨの唐揚げは日本一おいしいよねえ」

「日本一安里さんの好みに合っているのはうれしいけど、いまの言い方だと俺の唐揚げが日本代表になっちゃうね。日本中の唐揚げ自慢たちに唐揚げ投げられる発言だよ」

「えっ、それは唐揚げ天国では……⁉︎」

「ポジティブだけど、そういう意味じゃなかったねえ」

くすくす笑うキヨに自分も幸せな気分になって晩ごはんを堪能《たんのう》していた安里は、入浴後、寝る段になって自分のうっかりミスが発覚するなんて想像もしていなかった。

「ごめん……」

しゅんとしている安里が正座しているのは客室である和室だ。

目の前にあるのはシングルロングの客用布団、一組。乾燥機と布団用掃除機をかけて、清潔なシーツに替えてあり、いつでも寝られる。

ただし、何度見ても一組。

ここに成人男性は二人いる。

考えてみるまでもなく、布団は二組用意するべきだったのだ。

湯上がりに布団が一組しか用意されていないのを知って目を丸くしたキヨだけれど、すぐに笑って安里の髪をくしゃくしゃと撫でた。

「大丈夫だよ。押入《おしいれ》にまだ布団あったよね？　いまから乾燥機かければいいだけだし、勉強しながら待つよ」

「だ、駄目だよ、僕のせいだからこの布団はキヨが使って！　今日は昼寝したし、仕事しながら僕が待つから……！」

「それこそ駄目。安里さん、ゆうべも夜更かししたでしょう。これ以上生活リズムが崩れるの心配だし、集中したら徹夜《てつや》しかねないのをわかっててこんな時間に仕事はさせられません」

「う……、タ、タイマーかけるから」

「それでも駄目。安里さんが俺より体力ないのは明らかなのに、そんな意地悪できない」

「意地悪じゃないよ……!?」

「でも俺の良心が痛むんです」

アーメン、とでもいいたげに胸に手を置くキヨは冗談めかしていても、譲る気ゼロだ。語彙力《ごいりょく》と発想力が豊かなキヨに安里は言葉で勝てたことがないし、すでに負けかけている。

このままでは自分のミスのあおりを何の罪もないキヨが受けてしまう。

懸命に考えた安里は、素晴らしい解決策を閃《ひらめ》いた。

「一緒に寝よう！」

「は……!?」

「二人でこの布団を使えばどっちも夜更かししないですむし、キヨも僕も良心を痛ませないですむ。ね、万事解決」

「いやいやいや、安里さん……」

「駄目？」

我ながら名案だと思ったのに却下《きゃっか》されそうな気配に祈るような気持ちでじっと見つめたら、うっとうめいた彼が片手で顔を覆った。逡巡《しゅんじゅん》するような間があって、深い息をつく。

「……わかりました」

敗北したかのような口調が疑問ではあるものの、同意をもらった安里は万歳《ばんざい》する。

「よかった〜！」

「そんなにうれしいですか」

「うん！　キヨに迷惑かけなくてすんだし、考えてみたら一緒に寝るの初めてだよね？　修学旅行っぽくてわくわくするね！」

「……そうですね」

子どもっぽい発想だったせいか苦笑されたけれど、キヨとは学校も違えば学年も違ったから一緒に寝る機会なんてなかった。これは瓢箪《ひょうたん》から駒《こま》、うっかりミスから疑似《ぎじ》修学旅行だ。和室だからベッドのように転がり落ちることもない。

うきうきと先に布団に入った安里は、隣をぽふぽふたたいた。

「キヨも早く！」

「……お邪魔します」

笑った彼が同じ布団に入ってくる。

男二人でシングルの幅はさすがに狭《せま》い。しかもキヨは大柄だ。体はギリギリ触れあっていないけれど、ふわりと上から掛けられた羽根布団のドームの中で体温が伝わってくる。

いまさらのようにドキドキし始めたけれど、このぬくもりがあったらぐっすり眠れそうだ。

目を閉じかけた安里は、はたと気づいた。

「キヨ、僕にばっかり布団くれてない？」

「そんなことないよ」

否定されたけれど、少し体を起こして確認したらやっぱり向こうの端は余っていない。

「駄目だよ、風邪ひいちゃう」

「大丈夫です、俺、体強いですし、体温も高いんで」

「そういえばそうだよね。……くっついていい？」

「え」

「人間湯たんぽ～」

布団の中で移動して大きな体にぴったりくっつく。これならキヨも掛け布団を使えると思っての行動だったけれど、安里にもうれしい効果があった。

初夏が近いとはいえ、夜はまだ冷える。自分より高い体温が気持ちよくて、すり、と肩に頬ずりをしたら彼が大きく嘆息した。

「はー……、なんていう拷問《ごうもん》……」

ため息混じりの呟きは低すぎて聞き取れない。でも、聞き返す前に彼が布団の中で体をこっちに向けた。

「そういえば安里さん、冷え性だったね。ハグする？」

「うん！」

いそいそと残りの距離を詰めて、すっぽり抱きしめてもらう。

「キヨ、あったかいねえ」

ぬくもりと幸せに包まれて、広い胸に頬をすり寄せてうっとり呟いたら、くしゃくしゃと髪を混ぜられた。

「……もうほんと、早く寝てください」

少し困っているような口調が珍しいけれど、バイトで疲れているのかもしれない。

ちょっとだけ修学旅行の夜のような雑談をしてみたい気持ちもあったけれど、安里は素直に目を閉じる。

眠るのが大好きな安里の意識は、あっさり夢の世界にのみこまれていった。

「ん……」

ぐっすり眠っていた安里の意識が浮上したのは、明け方だ。なんだかやけに気持ちのいい夢をみていた。……いや、いまも続いている。

心地いいぬくもりに背中からすっぽり包まれていて、頭も体もふわふわしている感じ。とろりと眠い頭ではすぐに理解できなかったけれど、徐々に安里は自分の状態を認識する。

（あー……、キヨに背中からハグされてるんだ……）

ぴったり背中に重なっている彼の体温、髪をそよがせる静かな呼吸、しっかり体に回った腕、絡められている脚、そのどれもが安心感と気持ちよさを与えてくれる。

なかでも温かくて大きな手は、特によかった。たゆたうように、肌のなめらかさを味わうように、安里の薄いおなかを撫でている。

（おなか撫でられるの、気持ちいいな……）

なるほど、犬や猫もこういう感じなのかと夢うつつで納得していたら、大きな手がゆっくりと撫で上げてきた。パジャマがまくれ上がり、無防備に胸元までさらされるけれど撫でられていたら気にならない。

は……と息を漏らした直後、びくっと体が跳ねた。平らな胸を彩《いろど》るささやかな突起を指先がかすめたせいだ。

（な、なに、いまの……？）

ぬるま湯のような気持ちよさに浸っていた体に、ぽとりと落とされた甘い刺激。寝ぼけ頭で戸惑っているうちに、再び大きな手がそこを撫でる。ぞくぞくして身をすくめたら、なめらかな中にある引っかかりが気になったのか長い指がそこを捕らえた。

「ひゃう……っ」

自分でも思いもよらない声が口から飛び出した。けれどもキヨの指はかまうことなく、くりくりと小さな突起を指先でころがしてくる。そこから甘い痺《しび》れが走って勝手に声がこぼれ、息が乱れる。

慣れない感覚に動揺してキヨの手に自分の手を重ねるけれど、力が入らなくて止められない。これまで気にしたこともなかった場所なのに、なんだか変だ。

「キ、キヨぉ……」

やめてほしいのか続けてほしいのか自分でもわからないままに名を呼んでも、やさしい同居人は無言だ。彼らしくない態度に疑問を抱いて背後に顔を向けようとした矢先、首のうしろにやわらかなものが触れた。くすぐったくてぞくぞくする。

「う、ふ……っ」

触れているのが唇だ、と気づくとぞくぞくが増した。やわらかく吸って、甘く嚙んで、安里の首筋でキヨの口が遊ぶ。

胸と首の気持ちよさが呼応して下腹部に馴染みのある熱が溜まってゆく。じっとしていられずにもじもじと腰を動かしたら、お尻の間に硬いものが当たるのを感じた。

「……！」

ぴったり重なった体の位置からして、キヨのアレで間違いないだろう。驚いたのは一瞬で、ドキドキしながらも安里は納得する。

（キヨのも、こんなふうになるんだ……。朝だもんねえ）

押しつけられているキヨのものはますます大きく、硬くなっているようだ。そのことになぜか自分まで煽《あお》られる。

胸を弄《いじ》っている手はそのままに、おなかを撫でていたほうの手がするりと下に向かった。パジャマと下着の中に入りこんで、絡みつくように半勃《はんだ》ち状態の安里の果実を握りこむ。

「ひゃん……っ」

大きく跳ねた体を抑えこむように抱きしめて、キヨが首筋を甘噛みする。

「……安里さん……」

低い、吐息混じりの呟きが聞こえて、ぞくぞくぞくっと鼓膜の震えが全身に渡った。潤み始めた目を安里はなんとか背後に向ける。

「キヨ……？」

呼びかけてもやはり返事はない。目も閉じたままだ。どうやらキヨは寝ぼけている。……寝ぼけているのに、こんなことをしている。安里の名前を呼んで。

それが何を意味するか考える余裕はないながらも、触れられているところから広がる快感がより強くなった。もっとさわってほしいし、なんなら自分もさわりたい。もっとくっつきたい。

すぐ近くに眠っていても格好いいキヨの顔がある。少し開いている形のいい唇がひどくおいしそうに見えて、どうしても味わってみたくなった。

頑張って後ろを向いても届かなくて、仕方なく安里は引き締まったあごにキスをして、軽くかじる。と、ぴくりとまぶたが動いた。

ゆっくりと切れ長の目が開いて、ぼんやりしている瞳と視線が絡んだ。

「安里さん……?」

「ん……」

すぐ近くで動く唇がほしいのだ、という気持ちをこめてあごをもう一度甘噛みすると、見たことがない表情でとろりと色っぽくキヨが笑った。

「キスされたいの……?」

うん、と頷くと顔を寄せながら彼が呟く。

「なんだこれ、すげえいい夢……」

やわらかく唇が重なった。ジン、と触れあったところが甘く痺れて、体中に満足感が広がる。

でも、もっとほしい。もっと味わいたい。

はむ、と弾力のある下唇を食《は》んだら、吐息で笑った気配がして上唇を食み返された。お互いをやわらかく食べあうように、じゃれるように唇を結びあっているうちに、深く重なって、ぬるりとなまめかしいものが口の中に入ってくる。

「ん……ふ……っ……」

気持ちいい。おいしい。口の中からぞくぞくする。夢中になって味わっていたら、ふいにキヨが唇を離した。

さっきより意識がはっきりしたような瞳は熱と困惑を同時に浮かべていて、怪訝《けげん》そうに眉根を寄せている。

「……夢、じゃ、ない……？」

半信半疑といった様子の彼にこくりと頷くと、目に見えて表情にも体にも緊張が走った。ゆっくりと体を離されそうになって、さっきまで楽しくて幸せだったのに、といまだに半分寝ぼけている安里は不満もあらわに逆に彼にくっつく。

「あ、安里さん……っ」

「離れちゃ、やだ……」

「……ッ」

息を呑んだキヨが目を閉じる。

「……間違いなく安里さん寝ぼけてるし、ここで手を出したらこれまでの我慢が水の泡になるし、同意かどうかもわからない時点で人としてアウトだし、負けるな俺、頑張れ俺の理性……！」

ぶつぶつと呟いているキヨはさながら念仏を唱《とな》える修行僧だ。

よく息がもつなあ、と感心している安里の耳には内容までは入ってこないからこそ、息をついた彼がパジャマの中にもぐりこませていた手を引き抜こうとしたときに反射的に上から押さえてしまった。

「えっ」

「離れちゃ、やだって言った……」

「いやでもこの状態って……っ」

「んっ」

動揺もあらわなキヨの手が感じやすい場所で動いて、びくんと身をすくめると彼が固まる。自分の両手がそれぞれどこにあるかはっきり認識したようだ。

「……安里さんの、勃《た》ってる……」

信じられないように呟いて、そこの状態を確認するかのように手のひらで包みこんだものを上下にさする。

「あっ、あっ……」

「……先っぽ濡れてきた」

ぬるりと親指で過敏な先端を撫でられて、ひときわ高い声があがって腰が跳ねる。ぬめりを塗り広げるようにくるくると先端を弄られるとさらに溢れて、慣れない快感に目の前がチカチカした。

「やっ、やぁっ、それダメ、すぐ出ちゃう……っ」

「可愛い……」

うっとりと呟いたキヨの声が熱を帯びる。耳に唇を寄せられた。

「安里さん、俺にさわられて気持ちいいの……？」

低くて甘い声にもぞくぞくしながらこくこく頷くと、実った果実をゆるゆると愛撫《あいぶ》しながら重ねて聞かれた。

「このままイかせてもいい？」

「ん……っ、いい、けど……っ」

「けど？」

「キヨのは……？」

「え」

ずっと当たっているものは硬く、熱く、存在感たっぷりだ。彼が自分のものの状態に気づいていないんじゃないかと心配になった安里は手を伸ばしてパジャマの上から握る。

「うわっ、ちょっ、安里さん……っ」

「あ、すごい……。もっとおっきくなった」

体が大きいとはいえ、こんなに立派なものがまだサイズを増してゆくことに感心してしまう。どこまで育つんだろう、と興味を抱いたのを見越したように釘《くぎ》を刺された。

「手、離して……っ。悪戯したら俺もするよ!?」

「キヨも……？」

「安里さんのここ、弄り回すけどいいの？」

「ここ」がどこか示すように手を動かされるけれど、張りつめた自身と胸を同時に弄られたらどっちのことかわからない。いずれにしろ安里の答えは変わらないけど。

「ん、いいよ……っ」

「いいの？　本当に……!?」

自分で言っておきながら驚いているキヨに頷いて、安里はとろけた瞳で彼を見上げる。

「キヨの手、きもちいい……」

はあ、と魂《たましい》が抜けてしまうのではというくらい大きなため息をキヨがついた。安里の首筋に顔をうずめた彼がうめき声めいた呟きを漏らす。

「あー……もう無理……ほんと無理……こんな天国みたいな地獄《じごく》ある……？」

「キヨ……？　怒ってる……？」

「え、なんで」

「なんか、いつものキヨじゃないから……。いやそう？　だし……」

「違う違う、全然いやじゃない！」

即答されてほっとすると、視線を合わせてキヨが聞いてくる。

「ていうか安里さんこそ、俺にこういうことされていやじゃないの？」

「……？　だってキヨだし」

「あああ、全幅《ぜんぷく》の信頼が重くてうれしくて重い……」

再び首筋に顔をうずめた彼がため息をついた。二回も「重い」を言われてしまったことに戸惑っていたら、少しの間を置いて意を決したようにキヨが顔を上げた。

「……この状態で中断って、お互いにつらいよね。一緒にする？」

「一緒に……？　どうやって？」

きょとんと首をかしげると、彼がめまいをこらえるように目を閉じた。無知さに呆れられてしまったのかと安里は眉を下げる。

「ご、ごめんね？　僕、こういうのいままで興味なかったから……っ、あの、キヨがぜんぶ教えてくれる？」

頼むなり、ぐう、とうめき声なのかどうかもわからない音がキヨの喉から漏れた。大きく深呼吸した彼が目を開けて、何か吹っ切ったかのようににっこりした。

「任せてください。……汚れないように、脱がせてもいい？」

「ん」

頷くと、下着の中にもぐりこんでいた手でパジャマごと下げられて性器を露出《ろしゅつ》させられた。

さすがに恥ずかしさを感じた矢先、ころんと仰向《あおむ》けにされる。

ドキドキしながら目を上げると、キヨが覆いかぶさってきた。

「……キスは？　してもいいの？」

「うん、してほしい……」

さっきの混じりあう快楽を思い出して素直に答えたら、一瞬どこか痛むかのような表情を見せたキヨに深く唇を奪われた。最初から入りこんできた舌に喜んで吸いつくと、一気にキスの濃度が上がる。

「ん……っ、ん、ぁふ……っ……」

濃厚な口づけがたまらなくて、呼吸の合間に勝手に甘えるような喉声が漏れる。交わる角度が変わるたびに濡れた音がたつのを恥ずかしいと思う余裕もない。

すっかり夢中になっていたら、ごり、と硬くて熱いものが自身に触れた。

「ふぁ……っ？」

無防備かつ感じやすい場所に与えられた刺激に背がしなってキスがほどけると、濡れた唇を色っぽく舐めたキヨが彼のパジャマの胸元を握っていた安里の手に手を添えて下方へと導く。

「……ここ、一緒に握ってくれる？」

さわらされたのは、重なっている二人のものの先端だ。安里がこぼした蜜《みつ》のせいかぬるついていて、手のひらに触れた熱さと生々しさにドキドキしながらも頷く。

「キヨの、先っぽまで大きい……」

長さや太さもさることながら、剝き出しの先端や段差まで自分のものとは全然違うのが手の感触だけでわかって呟くと、びくんと手の中で跳ねてびっくりした。

「えっ、なにいまの……っ?」

「ちょっともう、安里さんは黙ってて……」

「な、なんで」

「煽られすぎてひどいことしちゃいそうだから」

「キヨなのに……?」

「俺でも。本気でいま理性ギリギリだから、おしゃべり禁止。お願いだから」

キヨからの「お願い」はめったにない。

わかった、と言いかけて、おしゃべり禁止だったのを思い出した安里はきゅっと口を閉じて頷いた。ふ、とキヨが笑う。

「声は出していいからね? 息もちゃんとして」

唇を舐められて、くすぐったさに少し口を開く。軽いキスを繰り返しながら、キヨが安里の手ごと二人ぶんの熱をさっきよりしっかり包みこんだ。

くちゅりと濡れたもの同士の先端がキスするような音、過敏な場所から広がる感覚にぞくぞくと腰が震える。

「安里さんはこのまま、ここ、包んでて」

うん、と息を乱しながら頷くと、キヨの手はその下にずれた。茎の部分をまとめて握りこまれると、そこが密着して人体とは思えないような熱さと硬さ、どくどくと響きあう脈に鼓動がますます速くなる。

「動くね……？」

（う、動くんだ……⁉）

内心では驚きながらもこくりと頷くと、ゆっくりとキヨが腰を揺らめかせ始めた。手の中で感じやすい場所がキヨのものに捏《こ》ねられて、こすられて、快感と興奮をもたらす。

「ん……っぅ……」

おしゃべりしないように、と思っているせいでつい口を閉じてしまう。と、キヨが色っぽい顔で笑った。

「くち、あけて」

低くて甘い声は、快楽をこらえているように乱れた吐息を含んで少しかすれている。くらくらしながら従ったら、差し込んだ舌で舌を誘い出された。声を喉に閉じ込めておけなくなる。

「んぁ……っふ、あっ、あ……っ」

甘く濡れた声を溢れさせるほどに、キヨの動きにも遠慮がなくなってくる。そのうち安里の手のひらまで突きで犯すようにストロークが大きくなった。勃ちきった中心をごりごりと嬲《なぶ》られて、あっという間に限界が迫る。

「やぁっん……っ、キヨ、も、でちゃう……っ」

「えっ、もう?」

　驚いた声をあげたキヨが動きを止めたけれど、一足遅かった。びく、びくんと体を震わせて安里は自身をはじけさせてしまう。すべて自分の手のひらに放たれたものの、白濁《はくだく》があふれて一緒に包みこんでいるキヨのものまで汚してしまった。

「ご、ごめ……」

「いいよ、謝らないで」

　ちゅっと口づけられて謝罪を遮られる。

「ていうか、イくときの安里さんめちゃくちゃ可愛かった」

「そんなわけ……」

「ほんとに」

　囁いたキヨがもう一度軽いキスをしてこれ以上の反論を封じる。そうして、息を乱している安里と視線を合わせて困り顔で聞いてきた。

「イったばかりだときついと思うけど……、もうちょっと付き合ってくれる?」

　ぱしぱしと潤んだ目でまばたきをして、はっとする。下肢《かし》で感じるキヨのものはずっしりと重く、ごりごりに硬い。

　もともと自慰《じい》すらろくにしない身には過分な快感になるのは目に見えていたけれど、これを放置はできないと安里は頷いた。

「うん、がんばる……！」

「ありがとう、安里さん」

ふわりと笑ったキヨが呼吸を邪魔しないようにか、耳に口づける。感度が上がっているせいかそれにもぞくぞくして身を震わせたら、舌で耳殻《じかく》をなぞり、耳朶《じだ》を甘噛みし、耳孔《じこう》に舌先を入れてと愛撫が深まった。

「……可愛いね、ここも気持ちいいんだ」

熱っぽい吐息混じりの囁き声を吹き込まれるのもたまらなくて、ふるりと身を震わせた安里はさっき達したばかりの自身にまた熱が溜まり始めているのに気づく。

（うそ、こんなすぐに……っ？）

しかも、耳への愛撫で。自分でも知らなかった反応に戸惑うものの、密着している安里のものが再び実り始めたのに気づいたキヨはほっとしたように目を細め、それでいてどこか獰猛《どうもう》に唇を舐めた。

「もう一回、イくとこ見せてね」

返事をする余裕はなかった。再びキヨが動き出して、過敏になっている体にさらなる快楽を与えられていたから。

無事にキヨと同時に達したあとは、すっかり疲れ果てた体に再び訪れた睡魔《すいま》に安里の意識はふわりとさらわれてしまった。

2

「おはよう、安里《あさと》さん」

ぐっすり眠っていた安里は、いつものように同居人の低くてやさしい声に意識をすくい上げられる。

「んん……」

伸ばされた手に頬ずりすると、「ほんと無防備……」とため息混じりにキヨが呟く。

なんとなく、どこかがいつもと違うのを感じながらも、寝起きの安里の脳みそはポンコツきわまりない。ベッドじゃないことからゆうべは和室――客用の布団で寝ていたのを思い出したけれど、それ以上はまだ眠気の奥でふわふわと曖昧《あいまい》だ。

例によって甘やかされながら朝食のテーブルまでたどり着き、キヨに渡されたホットココアを飲んでいるうちにようやく体に少し違和感があるのに気づいた。

唇がぽってりとはれているような感じがして、胸や股間《こかん》がやけに過敏になっている。それでいてすっきりしているような……と首をかしげたところで、はっとした。

（僕、キヨに何した……⁉）

曖昧な夢のようだった映像が、一気に解像度を上げて脳内に広がった。

めちゃくちゃ近くにあったキヨの色っぽい顔、初めてのキスの喜びと快楽、肌を撫でる大きな手、彼の体の硬さと重さと体温、体験したことがない濃度の快感。

思い出すなりぶわっと顔が熱くなったけれど、ちらりと見たキヨはいつもどおりに落ち着いていて、涼しげで、フレンチトーストを口に運ぶ姿も絵になっている。ちなみにフレンチトーストは卵サンドと並ぶ安里の大好物だ。

おいしいものを食べているキヨの唇もおいしそうで、うっかり見とれてしまう。視線に気づいた彼が戸惑った顔になった。

「安里さん？」

「な、なんでもない……っ」

慌てて目をそらしてココアの残りを飲む。

（キヨの口をおいしそうって思うとか、僕、まだ寝ぼけてるのかな……）

でも、彼の口がおいしかった記憶がなんとなくあるのだ。ずっと食べていたいと思ったのは夢だったのか、現実だったのか。

（ていうかキヨ、すっごく色っぽくて、格好よくて、ドキドキしたなあ……）

あれが夢だったなら自分の妄想力《もうそうりょく》に感心する。一方で、現実とも思えないでいる。

（だってキヨと僕だよ……⁉）

男同士だし、普通に一緒に暮らしてきた。いや、「普通」というには自分がキヨに甘えすぎている自覚はあるけれど、それでも穏やかなふたり暮らしはずっと色気や恋愛沙汰《ざた》とは無縁だった。

そもそもキヨが自分に欲情するなんてありえない。彼にとって安里はペットのうさぎのようなものだし、そういう魅力がないのは本人がいちばんわかっている。

やっぱりあれは夢だな、と結論づけた安里は、新たな事実に直面してしまった。

（あんな夢をみちゃうってことは、僕がキヨをそんな目で見てるってことだよね）

これまで恋愛とは無縁に生きてきたから、淫《みだ》らな夢をみたのも初めてだ。

勝手に登場させてしまって申し訳ないな……と思いつつちらりともう一度キヨに目をやったら、じっとこっちを見ていた彼と目が合ってしまった。

びくっとする安里に、カトラリーを置いたキヨが真剣な表情で切り出す。

「……安里さん、明け方のことだけど……、覚えてる？」

夢だと結論づけたばかりなのに、違ったようだ。あれも、これも、それも。信じられないけれど、現実にあったことだったのだ。

かあっと再び全身が赤くなるのを感じながら、安里はぎこちなく頷いた。

「う、うん。ごめんね、キヨ……」

「えっ、なんで安里さんが謝るの？　謝らないといけないのは俺なのに」

「へ……？　なんで？」

きょとんとする安里にキヨも戸惑った顔になる。

「なんでって……、途中まで夢だと思っていたとはいえ、あんなことしちゃって……」

「それを言ったら僕もだよ。その……、キヨに、いろいろしてって言ったの、なんとなく覚えてる……」

「いやでも、俺が誘導したようなとこもあったし……！　自分を抑えきれなかったし」

「そうなの？　でも僕、してほしいことしか言ってないし、キヨに止《や》めてほしくなかったからべつにいいんだけど……」

うぐ、とキヨがうめいたのに気づかず、安里は困り顔で続ける。

「なんか僕、先に寝ちゃったみたいだから……。キヨが体を拭《ふ》いたり、パジャマを着せ直してくれたんだよね？　いっぱい迷惑かけちゃったなって……」

「全然！　迷惑なんかかけられてないよ。むしろ安里さんこそ、イったあとも俺に付き合わされていやじゃなかった？　泣かせちゃったし……」

「あっ、それはぜんぜん、だいじょうぶ……っ。ていうか先にイってごめん……！」

「いや」「こっちこそ」とあわあわと二人で赤くなって謝りあっているうちに、明け方の件は『事故』ということでなんとなく落ち着いた。

「まあ、二度とあんなことないだろうし。お互いに忘れたらいいよね」

恥ずかしさもあって提案したら、なぜかキヨが複雑そうな顔を見せた。少しためらう間があってから、思いきったように目を上げる。

「それもいやなんだけど」

「へ」

予想外の返事に目を丸くすると、キヨが真剣な声で告げた。

「俺、安里さんが好きなんだ」

「僕もキヨのこと好きだよ」

いつになく強い眼差《まなざ》しにドキドキしながらも本心を即答すると、彼が苦笑する。

「それ、本当に俺と同じ意味だと思う?」

「え……」

「俺のは友達としてだけじゃなくて、恋愛的な好きも含んでるんだけど。……って言っても、安里さんにはよくわからないと思うから具体的に言うね」

「お、お願いします」

さすがキヨ、メンタルエイリアンへのフォローもばっちりだ……と感謝しながら頷くと、安里が理解できるようにゆっくりした口調で、彼の気持ちを言葉にされた。

「俺の好きは、どんなときも自分が安里さんのいちばん近くにいたい、頼ってもらいたい、めちゃくちゃ可愛《かわい》がって大事にしたい、安里さんにとっていちばん大事な人になりたいっていうのに加えて、安里さんに俺だけを特別に好きになってもらいたい、欲しがってほしいっていうのも含んでる。欲しがるっていうのは、俺を誰よりも近くに置いておきたいって思ってもらうのと、キスやエッチなことをしたいって思ってもらいたい両方の意味だよ。安里さんも？」

「え……、ど、どうだろ……」

丁寧に説明されたからこそ、即答が難しかった。重なっている希望と重なっているかわからない希望があるからだ。

明け方のことを夢だと結論づけたときは、自分がキヨを性的な目で見ているのかと思って申し訳なくなったけれど、あれが現実だったと知ったいまはどこまでを自分で願ったのかがよくわからない。とりあえず。

「えっと……、だいたい同じ気がするけど、僕はキヨを可愛がりたいって思ったことがないと思う……」

「あ、それはいいよ。でも、それ以外は一緒……？」

緊張の面持《おもも》ちで聞かれて、曖昧に首をかしげるような頷き方をしてしまう。

「たぶん……？　エッチはしたいかどうかわかんないけど、キスはしたいなって思ったよ。さっきもフレンチトーストを食べてるキヨの唇がおいしそうに見えて……って、僕、すごい変なこと言ってるね⁉　なんか体目当てみたいだし……っ。ごめん忘れて！」

あわあわしながら真っ赤になって言ったら、キヨが噴き出した。

「忘れません。ていうか、体目当てだったら俺とエッチしたいって思ってくれるはずなんだけど？」

「あ、そ、そっか」

「でも食欲と性欲を司《つかさど》る部位は脳内で近い位置にあるから、唇だけでもおいしそうって思ってくれるんなら脈アリだよね」

そう言われたら、そうかもしれない。

というか、改めてキヨを見たら唇だけがおいしそうに見えるわけじゃないことに気づいた。してもいいと言われたら、あちこちちょっと舐《な》めたりかじったりしてみたいかも。

（って、キヨは食べ物じゃないのにそういうふうに思う僕って変態では……!?）

メンタルエイリアンの自覚はあったけれど、変態は自覚したくない。いまのはなかったことにする。

とりあえず、脈の有無《うむ》に関してはたぶんアリだ。恋愛感情がどんなものかがよくわかっていないから「たぶん」をつけてしまうけれど、キヨが特別なのは明白だから。

（ていうか、キヨが僕のこと好きって……？）

いまさらのようにさっきの告白、彼の気持ちについての説明を思い出したら、じわじわと全身が熱くなってきた。心臓が落ち着かなくなって、しゅわしゅわとくすぐったいような気持ちが体中を巡《めぐ》る。

うれしい。すごく。

とっさに顔を両手で覆《おお》ったら、キヨが焦《あせ》ったような声をあげた。

「安里さん……？　もしかして気持ち悪くなった？」

顔を覆ったままぶんぶんとかぶりを振る。いつもなら髪を撫でてくれる彼がためらっているのを感じて、男同士で告白するのにどれほど勇気を出してくれたのかやっと思い至った。

なんとか両手をずらして少しだけ顔を出す。

「ごめん、顔が……」

「顔が？」

「勝手ににやけるから……」

一瞬無言になったキヨが、確認するように聞いてくる。

「それって、うれしくて？」

うん、と頷くと心底ほっとしたように彼が息をついた。

「よかったあ……。明け方のアレをいやがられなかった時点で大丈夫だろうとは思ったけど、安里さんだし、どういう反応がくるかわかんなかったから……」

「えっと……、ごめん？」

ううん、とキヨがかぶりを振る。それから、少し考えるそぶりを見せて口を開いた。

「安里さん、俺と同じ気持ちかどうかはわからなくても、俺のことは好きって言ってくれたよね？」

「うん」

「キスしてみたい気持ちもあるって言ったよね？」

「うん」

「俺に好きって言われたの、うれしいと思ってくれたんだよね？」

「うん……って、なに……？　なんでそんな確認するの？」

改めて確認されたら照れくさい。せっかく落ち着いてきた顔のほてりが戻ってしまう。

頬を押さえて困り顔になる安里に、にこりと笑ってキヨが言った。

「安里さんが俺のことを恋愛感情で好きかどうかわからないうちは暴走しないためにも友達でいようと思っていたけど、一歩進んでもよさそうな気がしてきた。……俺のこといやじゃないなら、お試しで恋人として付き合ってみない？」

数回目を瞬《しばたた》く。キヨのことはもちろんいやじゃない。

「べつにいいけど……いいの？」

ふは、とキヨが破顔する。

「OKしてくれたのに、なんで逆に俺にいいのって聞くの？」

「だって、キヨなら僕じゃなくてもっといい相手がいっぱいいるよね」

「俺が好きなのは安里さんだよ」

さらりと言われて、心臓が跳ねた。同時に、好きでもない相手に好かれても仕方ないという以前の発言を思い出す。

ほかの人と自分を比べるのは無意味なのだ。男同士ということも関係ない。女の子がよければ、キヨは安里を望まないのだから。

そもそも、自分の気持ちもよくわからないのにキヨの気持ちまでごちゃごちゃ考えるのは本末転倒だ。彼が「お試し」を申し出たのは、恋愛感情のなんたるかもろくに理解していない安里のために違いないのだから。

そう思えば安里に言えるのはひとつだった。

「付き合うってどうしたらいいかわからないけど……、よろしくお願いします」

「うん。こちらこそ、受け入れてくれてありがとう」

ふわりと切れ長の瞳を細めたキヨに返されて、本当にうれしそうな、とろけるような眼差しにどぎまぎする。

もともと彼には鼓動《こどう》を乱されがちだったのに、頻度《ひんど》とレベルが上がっている。少しでも心臓の負担を減らそうと安里は慌てて朝食に注意を戻した。

こんがり黄金色のフレンチトースト、端をカリッと焼いた厚切りベーコン、しゃきしゃきのレタスサラダ、具だくさんのミネストローネ風スープ。

朝に弱い安里が起きる励《はげ》みになるようにと、毎朝手を惜しまずにおいしい朝食を作ってくれるキヨ。やさしくて格好いい彼が、数分前から「お試し」の恋人になった。

――恋人になったら、何が変わるんだろう。

いまさらのような疑問を抱《いだ》いた安里は、ゆっくり朝食を食べながら自分なりに考えてみる。けれどもまったくわからない。

食事を終えても答えは出なくて、こうなったらキヨに聞くしかないと後片付けのタイミングで直球をぶつけてみた。

「これから僕ら、どうなるの？」

「特に変化はないよ」

あっさりした返事に目を瞬く安里から皿を受け取って、食洗機に入れながらキヨが続ける。

「生活のうえではね。安里さんは自覚してなかったと思うけど、俺たちの日常ってラブラブなカップルと同じくらい仲がいいし」

「そうだったんだ……!?」

「ただ、今後はそこに感情がプラスされます」

「感情？」

「いままでは隠してた安里さんへの『好き』って気持ちを、俺が言葉に出すようになるだけ。俺からのスキンシップも増やしていきたいし、合意があればキスやそれ以上もしていきたいなって思ってる」

「それ以上って……、一緒にするやつも……？」

「できれば。でも、安里さんがしたくないことは俺もしたくないから、心配しなくても大丈夫だよ」

「ん……。キヨだから、そこは心配してないよ」

明け方のことを思い出してじわりと顔を赤くしつつも返すと、キヨが大きく嘆息《たんそく》した。

「安里さん可愛い……」

「な、なに、急に？」

「これからは感情を出してくって言ったでしょ」

動揺する安里にキヨがにやっと笑う。これまでは我慢していた心の声を、今後はぜんぶ出していくつもりらしい。

「そんなことされたら心臓がもたない……！」

「そういう反応しちゃう安里さんが可愛い」

楽しげなキヨにくしゃくしゃと髪を撫でられる。成人男子として「可愛い」を連呼されることに戸惑いはあるものの、困ったことにキヨに言われるとうれしいし、ドキドキしてしまう。

ニース代理として可愛がられてきた弊害《へいがい》だろうか。

（そうだ、ニース……！）

ロップイヤーのもふもふうさぎがぴょんと頭の中に出てきたことで、キヨにとっての自分のポジションを思い出した。

「ぼ、僕がうさぎみたいなものだから、キヨは可愛いって言うんだよね？」

「違うよ」

あっさりキヨが否定する。ぽかんとする安里に少し申し訳なさそうに彼が言った。

「どっちも可愛いし、大好きだけど、俺にとって安里さんとニースは本当はまったく違う存在なんだよね。ニースのイメージを重ねられているほうがさわられるのに抵抗がないみたいだったから、ずっと否定しないでいただけ」

（え〜〜〜っ⁉）

びっくりしすぎて声も出なかった。ずっと自分は彼の愛《まな》うさぎ代理、ペットポジションだとばかり思っていたのに。

目をまん丸くしている安里にキヨがくすりと笑う。

「そういう顔とか、おっとりしてるところとか、俺をめちゃくちゃ癒《い》やしてくれるところは似てるけど、ニースにドキドキしたり誘惑されたことなんかないからね」

「……キヨ、僕にドキドキしたり、誘惑されたりしてるの？」

「しょっちゅうね」

頭から頬へと手を移したキヨが、ふにふにと頬を軽くつまんで悪戯《いたずら》する。肯定《こうてい》の返事は信じられないのに、眼差しが甘くて信じるしかなくなった。

呆然《ぼうぜん》と見上げていたら、悪戯していた手で頬をやさしく包みこまれた。

「いまも、誘惑されてる」

「し、してないよ……？」

「うん。俺が勝手にされてるだけ。……恋人として、改めてキスしてもいい？」

低く囁かれると、どっと鼓動が速くなった。

キヨなのに、キヨじゃない。

キヨ相手にこんなに緊張したことも、さわられている場所を意識したこともない。

急に落ち着かなくて恥ずかしいような気分になったけれど、いやじゃないし、目の前にある
彼の唇はやっぱりおいしそうだ。

ドキドキしながら「ん」と短く了承した安里は、ぎゅっと目をつぶった。ふ、とキヨが笑う。

「ありがとう、安里さん。大好きだよ」

囁く唇が近づいたのが唇にかかる吐息でわかる。ドキドキが加速する。

やわらかく唇が重なった。

（うわあ……、ほんとに、キヨとキスしてる……！）

数時間前にもたくさんキスしたのに、半《なか》ば夢心地だったから意識がはっきりしている状態で
は初めてだ。薄い皮膚《ひふ》を重ね合わせているだけなのに不思議に気持ちよくて、体の中で幸せが

細かい泡になってはじける。

無意識に緊張していた唇から力が抜けたら、もっとぴったりくっついた。下唇を甘く吸われて、やわらかくこすりあわされて、ぞくぞくして口がひらく。誘われたように濡れた隙間をゆるりと舌でなぞったキヨが、少しだけ唇を離した。

額をくっつけて、ためらいがちに聞いてくる。

「……舌、入れても平気？」

明け方に舌を絡めるキスもたくさんしたのに、と思うものの、寝ぼけていない安里の意向を改めて聞いてくれるのがとてもキヨらしい。ふわりと胸の中をあたたかい気持ちに満たされるのを感じながら、安里は広い背中を抱きしめた。

「うん、いれて……」

ぐっ、とみぞおちに一撃くらったかのようなうめき声をあげたキヨの体がこわばって、ため息をつく。

「安里さん、ほんと危険……」

なんで、と聞くことは叶《かな》わなかった。深く唇をふさがれたと思ったら、入りこんできた舌に舌を搦《から》め捕《と》られてしまったから。

寝ぼけていても気持ちよかったキヨのキスは、目が覚めているときはもっとよかった。口内を愛撫《あいぶ》される快楽、硬い体の感触、髪を撫でてくれている手、混じりあう吐息、勝手に漏れる声、五感すべてでキヨを感じる。

すっかりのめりこんでいたら、ふいにキヨが唇をほどいた。とっさにいやがるような声を漏らした安里を抱きしめて、ぽんぽんと背中を撫でながらキヨが大きく息をつく。密着した互いの鼓動が速く、激しい。

「うっかり夢中になっちゃったけど、このままだとやばいね」

「……？」

「安里さんのこと抱きたくなる」

「！」

そうか、そういえばキヨは安里にエッチなこともしたいと言っていたのだった。明け方にしたような抜きっこをイメージしていたけれど、「抱く」「抱かれる」というルートもあるのだといまさらのように認識する。

（ていうかキヨ、僕のこと抱きたいんだ……？）

その手のことに興味なく生きてきた安里の知識は保健体育の授業止まりだけれど、キヨが言うからには男同士でもできるのだろう。

具体的にはイメージはできないものの、キヨが相手ならいやじゃない。むしろドキドキする。

「……しても、いいよ？」

小声で言うなり、キヨが目を閉じた。安里を腕に抱いたままよろめくように数歩移動して、ソファに腰を下ろす。もちろん安里も一緒、まさかの膝だっこ状態になってしまった。

目を開けたキヨがなぜか叱《しか》るような顔をする。

「安里さんはもっと自分を大事にしてください」

「へ」

「どうせどこに何をどうされるかわかってもいないくせに、『キヨなら大丈夫』くらいの気持ちで言ったでしょう?」

「う……、なんでわかったの?」

「安里さんを好きで、ずっと見てきたからね」

少し怒ったような言い方をしていても、内容は熱愛で照れてしまう。そんなキヨだから大丈夫だと思うのに、本人は無防備な安里に少々ご立腹だ。

「そんなに簡単に俺の好きにさせてたら危ないよ。心の準備ができてなくても本当に抱くからね?」

「じゃあ、キヨが準備させて?」

「……はい?」

目を瞬く彼に、安里は名案とばかりに訴える。

「キヨが言うとおりに、僕、男同士でどうするかってよくわかってないんだよね。わかってないのに心の準備なんてできないけど、誰にでも聞けることじゃないし、だったらキヨに教えてもらったらいいかなって思ったんだけど……」

語尾が弱くなったのは、めまいを覚えたかのようにこめかみを押さえたキヨが目に入ったからだ。

「……ダメだった？」

「んー……、駄目じゃないけど、安里さんの俺への信頼がすごいなって……。いや、うれしいけどね。そうなるように大事にしてきた自覚もあるし。ただ、ここまで全幅《ぜんぷく》の信頼を得ていたら絶対裏切れないし、本人のぶんまで俺が安里さんを大事にするしかなくなるなあ……」

「どういうこと……？」

本人のぶんまで安里を大事にする、のくだりがわからなくて首をかしげると、くしゃくしゃと髪を撫でられた。

「俺の理性が試されてるってこと。とりあえず、本能との絶対に負けられない戦いに挑みながら大役を仰《おお》せつかるよ」

苦笑混じりの呟きには謎《なぞ》めいている部分もあったけれど、男同士のあれこれについての指南は引き受けてもらえたようだ。

その後、いつものように出かけるキヨを玄関まで見送ったら、これまで求められなかった行為を求められた。

いってらっしゃいのキスだ。

「お試しとはいえ恋人になったわけだし、してもらえたらうれしいな」

「するのはいいけど……、僕から？」

「願わくば」

にっこりしての返事に少しだけためらってから、安里は頷いた。されるのと違って、自分からするのはなんだか緊張する。

「ちょっとかがんで……？」

「はい」

うれしそうに長身を屈《かが》めたキヨの唇に、思いきって目をつぶって唇をつけた。勢いをつけすぎてしまったようでガチッと歯がぶつかる。

「ご、ごめん……！」

「ん……、大丈夫。安里さんこそ、どこか切ったりしてない？」

失敗したのにキヨはなぜかちょっと楽しげだ。安里の頬を手のひらで包みこんで、唇に傷がないかチェックまでしてくれる。

されるがままになりながら安里は自分のポンコツぶりに眉を下げた。

「キスって難しいねえ」

「ゆっくりしたらいいよ。こんなふうに」

ちゅ、と軽く、やわらかく、唇が重なる。歯磨《はみが》き粉《こ》のミントの香りを感じた直後、キヨが唇を離した。

「じゃあ、いってきます」

「う、うん。いってらっしゃい。無事に帰ってきてね」

「もちろん。帰ってきたらただいまのキスもさせてね」

「！」

もう一度軽いキスをして、キヨがにこにこ顔で出かけてゆく。唇に残る感触を惜しむようにそこに指先を当てた安里は、ドキドキしながらドアが完全に閉まるまで固まっていた。

（恋人ってすごいな……！）

いままで以上にキヨが近い。びっくりしたり緊張したりするし、心臓の負担が大きい。なのに幸せだ。

安里からも恋心をちゃんと返せるようになったら、もっと幸せになれるのかもしれない。

（でも、恋心ってどうやって自覚したらいいのかな……）

恋情と友情の区別が安里にはいまだによくわからない。けれどもさいわいキヨからは「お試し」と言われているし、彼なら強引な真似をしないという信頼がある。

キヨにいろいろ教えてもらっているうちにきっと何かが変わるだろう、と安里は今後の自分に期待することにした。

{ 3 }

キヨと「お試し」の恋人になって、一週間。

すっかり「いってらっしゃい」のキスにも慣れた安里《あさと》は、恋人を見送ったあと仕事部屋に向かいながら唇をほころばせる。

（もっと早くキヨと恋人になっていたらよかったな～）

そう思ってしまうほど毎日が幸せだ。

もともと面倒見がよくてやさしかったキヨが、もっと甘くなった。愛《いと》おしげな眼差《まなざ》しやストレートに気持ちを伝える言葉、スキンシップにしょっちゅうドキドキさせられるけれど、うれしくて全身がくすぐったいような感じがする。

（たぶん、僕もキヨのことが恋愛的な意味で好きなんだよね）

初めての感情だから確信はできないのだけれど、恋人扱《あつか》いがうれしくて、彼の姿を見たり声を聞いたりするだけで幸せになれて、何をされても受け入れられるというのは、世間一般的に見ても恋をしていると判断されるはず。

キヨと恋人同士になってから、世界の彩度が上がった気がする。いつもと同じようにすごしていても、見えるものが鮮《あざ》やかでキラキラしているのだ。

描くときにも明るくて綺麗な色を使いたくなるし、キャラクターたちも幸せに描いてあげたい。世の中には避けようもなく悲しいことやつらいことがある。だからこそ自分はやさしくて幸せなものを届けよう、とこれまで以上に思うようになった。

そう思いながら仕上げたイラストをデータで送ったら、ずっとお世話になっている編集さんからすぐに電話で受領の連絡がきた。

「オルトさんのイラストは見た瞬間にいつも笑顔になれますけど、今回は特にいいですねえ」

「よかった〜。ありがとうございます」

「何かいいことがありました?」

「え……、えっと、恋人が、できました……」

「えっ、あのオルトさんに⁉」

「そんな驚きます……?」

「ああ、すみません。なんといいますか、オルトさんって描かれるイラストの印象ぴったりで、浮世離れした妖精みたいなイメージだったので」

「ええ〜、僕、男ですよ?」

成人男子に妖精はないだろう、と苦笑混じりのツッコミをいれるのに、「わかってますけど、妖精って中性的な美形もたくさんいそうじゃないですか」と返される。今度は「美形」部分にツッコミを入れたいところだけれど、エンドレスになりそうだからやめた。

「お相手、どんな方かおうかがいしても？」

「えーと……、僕なんかにはもったいないくらい、素敵な人です」

キヨとはまだ「お試し」だから詳細《しょうさい》は明かせない。とりあえずいちばん実感している部分を伝えたら、「オルトさんがインタビューを受ける芸能人のような回答を……！」とおもしろがられてしまった。

その後、お昼どきにいつものようにキヨからスタンプが届いた安里はキッチンに向かった。

今日はミートソースのパスタとゆで卵付きのベビーリーフのサラダ、デザートはミルクプリンだ。時間を計ってパスタを茹《ゆ》でる間がキヨとのおしゃべりタイムになる。

「今日も茅野《かやの》さんがいるの？」

電話の向こうで響いている女の子らしい声に聞いてみたら、「うん」と肯定《こうてい》したキヨがため息混じりで続けた。

「またオルトと話したいってアピールしてる。今度は感想文をまとめてきたから時間を最大限に有効活用できます、って」

「おもしろい子だねえ」

「……興味ある？」

「おもしろいなって思うけど、それだけだよ。……僕の恋人はキヨだし」

ちょっと照れながらも付け足すと、「うっ」とキヨがうめいた。最近キヨはよくこういう声を発しているけれど、大丈夫だろうか。

「キヨ、体調悪い……？　違和感があったら病院に行ってね」

祖母のことを思い出して本気で心配して言ったら、即答がきた。

「大丈夫です、安里さんの可愛《かわい》さにやられているだけなんで」

「可愛いことなんて言ってないと思うけど……？」

しかも、キヨの「うっ」や「くっ」はかなりの頻度《ひんど》だ。まったく身に覚えがなくて首をかしげるのに、「安里さんは自覚がないからねえ」と苦笑されてしまう。

出かける前の「いってらっしゃい」と同じく、帰宅直後の「おかえり」のキスもいまや日課になった。

キヨが手洗い・うがいをしている洗面所に出迎えに行って、無事に帰ってきたのを確認するハグからのキスというのがすっかり定着している。

「いってらっしゃい」のキスは遅刻しないように軽いけれど、「おかえり」のキスはたまに濃くなる。たぶん、安里のせいで。

バイトが長引いてキヨの帰りが遅くなると、どうしても安里は心配になってしまう。キヨはこまめに連絡を入れてくれるのだけれど、それでもそわそわしてしまい、帰ってきた彼へのハグが長くなるから、安心させるために濃いキスをくれるのだと思う。

今夜も濃い「おかえり」のキスになった。

くたりと力の抜けた安里の体を抱きしめて、ようやくキスをほどいたキヨが互いの唇をつなぐきらめく糸を舌で切って唇を舐《な》める。めちゃくちゃ色っぽくてドキドキする。

「……ごめん、安里さん、立てなくなっちゃったね」

「ううん……、キヨのキス、好き……」

頬を上気させ、潤《うる》んだ瞳でぽろりと漏らした本音にキヨの「く……っ」が出た。抱いて支えている安里ごと壁に背をつけ、嘆息《たんそく》する。

「『恋人』になってから、安里さんの攻撃力天井《てんじょう》ナシで上がってて怖いんだけど」

「攻撃なんてしてないよ……？」

自他共に認める平和主義者としては首をかしげるのに、髪を撫でながらキヨが甘く笑う。

「知ってる。俺が勝手にクリティカルヒットを受けて、安里さんのことを好きな気持ちがガン上がってるだけだよ」

さらりと言われたけれど、彼にもらう「好き」はうれしい。ふにゃっと顔を崩して安里も最近理解しつつある気持ちを返した。

「なんか、僕もキヨのこと好きみたい」

「え、ほんとに……っ？」

ぱあっと切れ長の瞳を輝かせたものの、一瞬後にキヨが難しい顔になった。

「……それ、ほだされてない？」

「ほだされる？」

「俺が安里さんを好きだから、自分もそんな気になってるっていうか……。キスしたり抜きあったりしたのを『なかったこと』にしたら、関係を変えるタイミングを逃《のが》す気がして勢いで告白して『お試し』の恋人の提案なんかしちゃったけど、そもそも安里さんって俺以外の人と直接顔を合わせる機会がないから、この状況で恋人になってもらってるのってフェアじゃないんだよね」

深刻な顔で打ち明けるキヨは罪悪感を覚えているようだけれど、安里にとっては何がそんなに問題なのかよくわからない。

「キヨにつられたわけじゃないと思うよ？　キヨに好きって言ってもらえたのほんとにうれしかったし、ほかの人だったら『お試し』でも恋人になりたいって思わなかったもん。たしかに僕は人と会う機会が少ないけど、編集さんとか、企業の人とは打ち合わせで顔を合わせることもあるし……」

「会う頻度と濃さが違うでしょう」

「それはそうだけど……、そんなに駄目なの？」

「安里さんにとって、よくないかもしれないって思ってる。選択肢《し》が少ない中で選んでもらったようなものだから」

真面目《まじめ》な口調の彼は、本気で安里の心配をしている。キヨらしいなあ、と思うものの、安里がいまの生活をしている限り解決しようのない問題だ。

「……じゃあ『お試し』、やめちゃう？」

「それは嫌だ」

即答がきてほっとした。

「よかったあ。僕もやめたくないもん。ていうか、選択肢が山ほどあっても僕にとってキヨ以上の人はいないよ」

正直な気持ちを言ったら、目を瞬《しばたた》いた彼がふわりと照れたように笑った。

「ありがとう、安里さん。そう思ってもらえてるのがうれしい」

髪を撫でていた手が頬にすべり、包みこむ。見つめあっているうちに顔の距離がなくなり、自然に唇が重なった。入ってきた舌を甘受しながら安里はふと思う。

（これ、何のキスだろう……）

もう「おかえり」のキスは終わったし、ベッドタイムのキスとも違う。理由がないキスは初めてだけれど、お互いの気持ちが重なりあうようで心が満たされる。

壁にもたれているキヨに抱きしめられている安里の体から力が抜けると、全身が密着して触れあっている場所すべてがぞくぞくした。もっとくっつきたくなる。

「……ちょっと待って、安里さん」

少し強引にキスをほどかれていやがる声が漏れたら、濡れた唇に軽いキスをくれたキヨが困り顔で視線を合わせた。

「このままだと、晩メシ抜きでベッド行きだよ。今夜は鶏手羽《とりてば》で出汁《だし》をとったシチューにするつもりで仕込んでおいたんだけど」

「……おいしいやつだ」

「そう。安里さんの好きなやつ」

キヨのキスもおいしくて好きだけれど、圧力鍋《なべ》でほろりと身と骨がはずれるまで煮た、鶏の出汁がよく出ているシチューが脳裏に浮かぶと胃が空腹を訴《うった》えた。

でも、密着した下半身でお互いに通常モードじゃないのも伝わってくるから冷静さを取り戻すのが難しい。キヨはまだ余裕がありそうだけれど、安里のはかなりまずい状況だ。

上気した顔を硬い胸にうずめて、安里はため息をついた。

「……僕、キヨの『恋人』になってからすごいえっちになった……」

これまでは自慰《じい》さえほとんどしなかったのに、いまや毎晩のようにキヨと淫《みだ》らなことをしているせいか感度がすごくよくなっている。

我ながら恥ずかしくて困ったことだと思っているのに、ふふ、と笑うキヨはうれしそうだ。

「安里さんが俺のせいでえっちになってくれるの、恋人冥利《みょうり》だ」

「なんで……？」

「それだけ俺のキスや愛撫《あいぶ》を気に入ってくれてるってことでしょう。嫌悪感がないなら先にも進めそうだし」

先、というと男同士で最後まで愛し合うという方向だ。

いまのところキヨは「俺にさわられたり、さわったりするのに慣れて」と互いを愛撫するだけですませている。順を追って関係を深めていくつもりだと言われたから安里も自分で調べることなく任せているのだけれど、どうやら近いうちに先に進むことになりそうだ。

予想は、その日の夜に的中した。

「そ、そんなとこ使うの……⁉」

動揺もあらわな安里に、キヨが「はい」と頷く。

長い指の先が触れているのは安里のこぶりなお尻のあわいにある、小さな蕾《つぼみ》だ。冗談であってほしいけれど彼は真顔だし、考えてみればほかに代用できそうな場所はない。

軽く撫でられると、ざわざわっと得体《えたい》の知れない感覚が背筋を渡った。安里は身をこわばらせてキヨのパジャマの胸にしがみつく。

ぷるぷる震える小動物状態になっている安里の頭をよしよしとキヨが撫でた。

「そんなにいや？」

「い、いやっていうか、無理……っ。そんなとこ……っ」

そこは出口であって入口ではないし、他人にさわらせていい場所でもない。そもそもキヨのご立派なものが入るとは思えないし、長時間の座り仕事をする身としてはあらぬところからの流血沙汰《ざた》は避けたい。お尻だけに尻ごみせずにはいられなかった。

「ん、わかった」

あっさりキヨがそこから手を離す。

「ほんとに……？」

「うん。安里さんがしたくないなら、しないよ」

潤《うる》んだ目を向ける安里を安心させるように、にこ、とやさしい笑みを見せる。そうなると、なんだか申し訳ない気分になった。

「……キヨは、したいんじゃないの？」

「それはまあ、興味がないっていったら嘘になるけど。でも、安里さんが俺を『お試し』とはいえ恋人として受け入れてくれて、こうやってキスして、好きなだけさわらせてもらえるだけでも十分幸せだから」

ちゅ、と唇にやわらかなキスをくれて、パジャマの上だけを身に着けた安里の腰を直接撫でる。不思議だけれど、キヨがさわると性的な場所じゃないはずなのにひどくぞくぞくしてしまう。

もしかしたらお尻も同じことが起きるのかもしれないけれど、自分から「どうぞ」と差し出す気にはなれなかった。放っておいてもらえるならそっちがいい。

　でも、心配ではある。

「そのうち、物足りなくならない……？」

　じゃれるような、甘やかすようなキスを交わす合間に聞いたら、思いがけずに真面目な口調で返された。

「もし俺がそんなこと言いだしたら、『安里さん禁止令』を出して」

　さわることとすら禁止すれば、贅沢《ぜいたく》になった自分を反省するはずだから、なんて言う彼に思わず笑ってしまう。

「キヨは自分に厳《きび》しいねえ」

「そんなことないよ。同意がない性行為は、どんな言い訳したって暴力だからね。ついでにいうなら片方が勝手に思いこんだり、断れないように仕向けているものは同意じゃないし」

　ぱしぱしと目を瞬いて、安里は思い出す。

　キヨの母親の冴香《さえか》は日本の性犯罪に関する法律が加害者に有利すぎることに憤《いきどお》っていて、改正を求める活動もしている。母親の法律事務所でバイトをしていて、自らも法学部で司法を学んでいるキヨは、多くの判例を知っているからこそ軽い気持ちで欲望をぶつけてきたりはしないのだ。

　少し考えて、安里はキヨの手を取った。長い指を一本握ってみて、うん、と頷く。

「指一本なら、いける気がする」

「……は」

「練習、してみようかなって」

「え……、まさか……」

「……お尻。キヨがさわるの、いやじゃなければだけど……」

「いやなわけない！」

即答した彼のものが、重なり合っている腰の間でぐうっと体積を増して腹部を押してきた。

「わ、キヨの、すごくなった……！」

「いやだって、安里さんがすごいこと言うから……！　ていうか、本当にいいの？」

少し落ち着きを取り戻したキヨが心配顔になる。どこまでも安里を気遣ってくれる人だからこそ、うん、と安里はしっかり頷いた。

「さっきはびっくりして反射的に無理、って思ったけど、本当に無理ならキヨが僕に言うわけないんだよね。男同士では普通のやり方なんでしょう？　だったら、僕もできるかなって」

「あー……、俺のためなら無理しなくていいんだよ？　男同士でも最後まではしないカップルもいるらしいし」

「そうなの？　でも、するカップルもいるんだよね？　だったら練習して、一回くらいは試してみたほうがよくない？」

「……安里さん、なんで急にやる気になってるの」

「キヨが遠慮《えんりょ》してくれるから」

「うん？」

「キヨなら、僕がしたくないことは絶対しないし、いやがったら絶対やめてくれるって思ったら、試してみるのも怖くなくなったんだよね」

「そっか……」

ふわ、とキヨが笑う。全幅《ぜんぷく》の信頼があってこそのチャレンジだと理解してもらえたようだ。

さっそく指チャレンジをするにあたって、場所が場所だけに気にした安里が「もう一回お風呂に入ってくる」とバスルームに戻ろうとしたら、キヨが思いがけないものを用意しているのを告白した。

専用のローションとジェル付きのコンドームだ。

「さすがキヨ、用意がいいね」

感心する安里に彼が照れた顔になる。

「一応、念のために……って『お試し』にＯＫもらったときに買っておいたけど、がっついてるって引かないところがさすが安里さんだよね」

新品のパッケージを開けて、個包装の中身をひとつ取り出した。

「実物、初めて見た……！」

「じつは俺もさわるのは初めて」

「さわるのは？」

「個包装になっているもの自体は、友達が持ってたりするからね」

言いながら彼がそれを指に装着する。手慣れているように見えるけれど、避妊具《ひにんぐ》のパッケージをやぶったのも手にしたのも初めてということだ。

なんだか意外だけれど、そういえばキヨはずっと彼女をつくっていなかった。

「……てことはキヨ、僕と同じ？　ぜんぶ初めて？」

「うん」

あっさりした肯定《こうてい》に初々《ういうい》しさなど皆無だけれど、これで安里と同じ童貞である。醸《かも》し出《だ》されている余裕と自信はどこからきているのだろう。

疑問をぶつけたら、「余裕も自信もないよ」と苦笑された。

「ただ、今日までに何回か抜き合えたのがよかったかも。がっついたり、焦《あせ》ったりしないで安里さんにさわれる」

「それが余裕なんじゃ……」

「こんなになってるけどね」

ごり、と太腿《ふともも》に彼の熱を押しつけられて心臓が跳ねる。この状態で落ち着いた態度を崩さないでいられるのは、やはり本人の資質、意思の強さだろう。

「ほんとに、さわってもいい……？」

安里のすんなりした脚の間に体を割り込ませて、覆《おお》いかぶさってきたキヨが視線を絡めて低く囁く。ドキドキしながらも頷いたら、双丘《そうきゅう》の間にぬるりと手が入ってきた。

びくっとしたものの、ぬるつきはコンドームのジェルだ。蕾の上をぬるぬると撫でられると、やはり得体の知れないぞわぞわとした感覚が腰を震わせる。

〇・〇二ミリという極薄の素材はキヨの指のぬくもりまで伝えてきて、あらぬところの感覚と共に安里の鼓動を乱れさせた。

「……安里さん、無理やり入れたりしないから、歯、食いしばらないで。キスしよう」

「ん……」

口許《くちもと》で囁く吐息《といき》に誘われて、安里は無意識に噛みしめていた口をほどいて開く。やわらかく重なり、深くなるキスに徐々に緊張がとけて、体が弛緩《しかん》してくる。そうしたら、撫でられている場所で生じている得体の知れない感覚の味わい方がわかってきてしまった。

（なんか……、気持ちい、かも……）

信じられないけれど、撫でられたり、周りをほぐすように押されたりしている場所から腰に広がるぞくぞくは紛《まぎ》れもない快感だ。しかも、表面への愛撫だけじゃ物足りないといわんばかりに奥がきゅんきゅんしだした。

「キ、キヨ……っ」

「ん？」

「まだ、いれない……？」

ぐ、と息を呑んだキヨが首筋に顔をうずめてくる。はあ、と詰めた息を吐いて、抑えた声で聞いてきた。

「いれてもいいの？」

「うん……、あ、あ……っ」

ずぷぷ、と長い指が押し入ってきた。じっくり撫でられてやわらいでいたようで、意外なくらいすんなりと根元まで受け入れてしまう。

「痛くない……？」

「ん……、ちょっと、ヘンな感じがするだけ」

初めて受け入れる異物に体内が違和感を訴えてはいるものの、不快というほどじゃない。ただ、撫でられている間にあった気持ちよさもなくなった。

「僕、お尻の才能ないのかも……」

しゅんと眉を下げると、キヨが噴き出した。軽く咳払《せきばら》いして、笑みが残る唇でやわらかなキスをくれる。

「いきなり気持ちよくなるのは難しいらしいよ。ゆっくり慣らして、体が気持ちよさを覚えていくんだって」

「そっか」

「少し、動かしてみていい？」

「ん……」

頷くと、中を確かめるように長い指が内壁をゆっくりと撫で始めた。その指が体内のどこかに触れた瞬間、びくんと腰が跳ねて動揺の声が漏れる。

「ひゃんっ、な、なに……っ？」

「……ここだね」

ぺろりと唇を舐めたキヨが重点的にそこを指先で刺激してくる。びくびくと体が震えて、先端から勝手に蜜《みつ》が溢れてしまう。

「やっ、やぁっ、キヨっ、そこ、こわい……っ」

半泣きになってしがみつくと、安里の髪を撫でてくれながらキヨが中を弄《いじ》る動きを弱くする。

「大丈夫だよ、怖くないよ。ここ、前立腺っていって、マッサージされると気持ちよくなるところなんだって。……痛くないよね？」

「う、ん……っ」

「気持ちよくはない？」

「わかん、な……っ」

かぶりを振ると、髪を撫でていた手をするりと下にやって安里の果実を握りこんだキヨが呟

く。

「いっぱい濡れてるけど、慣れないとわからないのかな。前もしてあげるね」

「あっ、ぁんっ、やあぁ……っ」

内部の弱いところを刺激しながら前を扱《しご》かれたら、止める間もなく白濁《はくだく》が迸《ほとばし》って目の前で星が散った。

「可愛い、安里さん……。お尻に俺の指、入れたままイってくれたね」

ちゅ、ちゅ、と褒《ほ》めるように顔中にキスの雨を降らされる。呼吸を邪魔しないように口を避けてくれているキスは徐々に下にずれていって、あご、喉、鎖骨《さこつ》、せわしなく鼓動している薄い胸へと移る。

「……ここ、食べてもいい？」

「ふぇ……？」

潤んだ目を向けたら、胸元にあるキヨの口はつんととがったピンク色の突起の近くにある。熱っぽい吐息にもぞくぞくして、ほとんど無意識に頷いてしまった。

「あぁ……っん」

熱く、ぬるついた口内に含まれた小さな突起から電流のような快感が全身に巡《めぐ》る。とがらせた舌ではじかれたり、軽く歯を当てられたりするたびに体が跳ねて高い声が飛び出した。

はあ、と熱い息をもらしたキヨが目を細める。

「安里さんのここ、すごく感じやすいみたいだね。弄ると中がうねうねしてる……。挿《い》れたらすごい気持ちよさそう……」

「い、いれる、の……？　キヨの……」

なまめかしくも獰猛な気配を湛《たた》えたキヨにドキドキしながら聞くと、笑ってかぶりを振られた。

「同意ももらってないのにしないよ。ていうか、まだ無理だし」

「無理……？」

「指一本ぶんしか拡《ひろ》げてないところに、俺のが入ると思う？」

ごり、と腿に当てられた熱塊はものすごい質量で、ぶんぶんとかぶりを振る。

「無理。僕のお尻が死ぬ……」

「ね。せめて指三本は余裕で動かせるようになってからじゃないと」

道のりの遠さにキヨがせつなげなため息をつく。

「が、がんばってキヨ……！」

思わず応援したら「がんばるのは安里さんだよ」と噴き出されてしまった。

「とりあえず、今日は一本ぶんがんばってくれたから終わりにしようね」

ずるり、と指を抜かれると、思いがけずに甘い痺《しび》れが腰を渡って感じ入った声が漏れた。キヨが目を瞬く。

「……抜かれるの、気持ちよかった？」

「ん……、そう、みたい」

頷いたあとで、急に恥ずかしくなって両手で顔を覆う。

「なんか僕、すごいえっちだね……？」

「最高だよ。普段の安里さんとのギャップにもやられる。はー……、最高可愛い……。こっちも才能ありそうでよかった」

まだやわらいでいる蕾をゆるりと撫でられて、小さく身を震わせた安里はおずおずと両手の間から顔を出す。

「……そこが上手にできたら、キヨもうれしい？」

「安里さんが気持ちよくなれるなら、うれしい」

にこ、と笑って返す彼はどこまでも安里に甘い。でも、気持ちがちょっとわかる気がした。

（僕の体でキヨが気持ちよくなってくれたら、僕もうれしい気がする……）

そのためには練習あるのみだ。

「二本め、いってみる？」

思いきって提案してみたら、苦笑混じりで却下《きゃっか》された。

「今夜はもう終わりにしよう。無理してほしくないし、俺もさすがに据《す》え膳《ぜん》を前にこれ以上の我慢はきつい」

「あっ、そ、そっか」

そういえば安里はイかせてもらったけれど、キヨのはガチガチのままだ。いくら理性大魔神とはいえ身体的に大変だろう。

「えっと……、それ、どうする？　僕が手でしたらいい？」

いつもしてもらってるみたいに、と手を伸ばして長大なものの濡れた先端をそっと包みこんだら、キヨが息を呑んで逞《たくま》しい体をこわばらせた。

「わ、どくどくしてる……」

「ちょ……っ、もう、安里さん、不意打ちやめて」

「あっ、ご、ごめん」

よかれと思ってのことだったけれど、いきなり股間《こかん》にさわられたら自分だってびっくりする。苦しげな呟きに慌てて手を引くと、大きく息をついたキヨが髪をかき上げた。目許にかかっていた黒髪がなくなったことでぎらつく瞳が間近に見えて、彼らしくない切羽《せっぱ》詰まった表情に鼓動が速くなる。

視線を合わせたままキヨが聞いてきた。

「ちょっと加減できない気がするから、手じゃないとこ借りていい？」

「手じゃないとこ……？」

「うん。うしろ向いて」

よくわからないながらもころんとうつぶせになると、細い腰を熱い両手で掴まれてドキリとした。

「膝、立てて、太腿ぴったり閉じてくれる……？」

「う、うん」

ドキドキしながらも低い囁きに従うと、背中に大きな体が重なってきた。閉じた腿の間にぬるつく熱いものが触れて、動悸《どうき》が加速する。

「ここで俺の、挟《はさ》んでくれる？」

「ん……」

頷くと、ずず……っと閉じた太腿の間に熱くて太いものが押しこまれてきた。

（うわ、わ、わああー……）

こういうやり方もあるんだ、と驚きと感心を覚えていたら、長大な熱の先端が会陰《えいん》からやわらかな袋、さっき達したばかりで過敏になっている果実へとこすりあげていってぞくぞくした。

ようやくお尻に逞しい腰が密着すると、濃い茂みで蕾をくすぐられて変な声が出てしまいそうで安里はこっそり唇を嚙む。

はあ、となまめかしく深い息をついたキヨが、「動くね」と予告してからゆっくりと腰を使い始めた。

「……っふ、ぅ……っ……」

内腿だけじゃなく、感じやすい場所も嬲《なぶ》ってくる熱さと硬さに煽《あお》られて、閉じた口からどうしても声が漏れてしまう。気づいたキヨが前に手を伸ばして、そこの状態を確かめた。

「……さっきイったのに、勃《た》ってるね」

「う、ご、ごめ……っ」

「なんで謝るの。可愛すぎる罪《つみ》？」

「な、なにそれ……っ」

おかしなことを言われて思わず首をひねってキヨのほうを見たら、背中に密着してきた彼が色っぽくも甘やかな笑みを見せて口づける。

「……一緒に気持ちよくなろう、安里さん」

「う、ん……っ」

とろけるキスの合間に囁かれたら、頷くしかない。深いキスで口内を犯され、脚の間を熱塊でこすりながら胸を弄られたら、あっという間に二度目の絶頂が迫った。キヨがたっぷりとした白濁を放つのと同時に安里もさっきより少ない蜜を溢れさせる。

立て続けの快楽のせいか、キスで十分に呼吸できなかったせいか、一瞬意識が飛んでいた。

ふと気づくと、シーツを替えたベッドで、ホットタオルで丁寧に体を拭《ふ》かれていた。

「キヨ……？」

「あ、安里さん！　大丈夫……？」

心配そうな彼に頷いたら咳《せき》が出た。さっきあえぎすぎて喉が乾燥してしまったようだ。

「水、飲む？」

「ん……」

くったりしている安里に起きる気がないのを察したキヨが、ベッドサイドに用意しておいたミネラルウォーターを口移しで飲ませてくれる。ミントとレモングラスで香りづけされた水は飲みやすく、渇《かわ》いた喉においしい。

満足するまでもらったところで、ふふ、と安里は笑みをこぼした。

「キヨの恋人は幸せだよねえ」

「……俺の恋人は安里さんだよ？」

「うん。だから幸せ。『お試し』、終わりにする？」

帰ってきたときとは違う意味で言ったのに、複雑そうな顔をしてやっぱりキヨは却下した。

「やめとく。安里さん、絶対流されてるから」

「そんなことないけどなー……。ていうか、もし僕が流されてるんだとして、そのまま押し流そうとは思わないの？」

「全然思わない……とは正直言えないけど、俺の中でどうしても『安里さんにフェアじゃない』って気持ちがあるからあとで悩む気がする」

「キヨは真面目だよねえ」

感心する安里に彼は苦笑して、後片付けを終えてからベッドに戻ってくる。いつの間にか慣れた腕にごく自然にすっぽり抱かれたら、髪を撫でながら彼がひとりごとのように呟いた。

「ほんとに真面目だったら安里さんに付け込んだりしないけどね。ちゃんとプラトニックなま、安里さんの恋心が育つまで待つつもりだったんだけどなあ」

そういえば、キヨとは高校生のころに出会い、同居して三年目だ。特に接し方の変化を感じなかったのに、いったいいつから自分のことを好きになってくれたのだろう。

気になって聞いてみたら、少し考えるような間があってから答えがきた。

「いつからってはっきり言えないけど、もしかしたら最初に会ったときからかも」

「え」

「母から様子を聞いてはいたけど、安里さん、本当に半分この世にいない感じで……、儚《はかな》げで、無垢《むく》な感じがして、天に還《かえ》る道を見失った天使みたいに見えたんだよね」

「て、天使……!?」

すごい形容に思わずリピートしてしまうと「ああもうツッコミ入れないで、恥ずかしくなるから！」とぎゅっと抱きしめたキヨに声を出せないようにされる。胸筋プレスで窒息《ちっそく》させられる前に肩を叩いてギブアップしたら、照れ顔のまま彼が話を続けた。

「とにかく、俺にはそう見えたの。ていうか安里さん自覚ないみたいだけど、めちゃくちゃ綺麗で可愛いからね？　全体的に線が細くて、色素が薄くて、髪もふわふわで、天使じゃなきゃ妖精かっていうビジュアルしてるから。オルトとして仕事を始めたときに母さんと俺が顔出し止めたの覚えてる？　あれ、絶対ビジュアル売りされたらヤバめのファンがついて安里さんのメンタルやられるのが目に見えてたから止めたんだからね？」

「そ、そうなんだ……」

怒濤《どとう》の説明に目を白黒させるけれど、編集さんにも「妖精」と称された。安里の思う妖精と世間一般の妖精はイメージが違うのかもしれない。

ともあれ、キヨは初対面ながらも憔悴《しょうすい》している安里を放っておけない気分になり、葬儀《そうぎ》のあとも面倒をみた。キヨの母親であり、安里の後見人でもある高瀬《たかせ》弁護士は、キヨといるときに安里がやっと泣けたことに「年が近いほうが話しやすいこともあるのだろう」と受け止めて、息子が安里のもとへこまめに様子見に行くのも止めなかった。むしろ、キヨが安里の様子を報告することで多忙な彼女も助かっていたようだ。

「最初は安里さんを心配する気持ちが強かったんだけど、一緒にいる時間が長くなって、安里さんが元気を取り戻していくにつれて、俺のほうが癒《い》やしてもらってるってことに気づいたんだよね」

「……僕、何もキヨにしてあげてないけど？」

戸惑いの目を上げると、こつんと額を付けられた。

「いるだけで十分」

目を瞬く安里の髪をくしゃくしゃと撫でてキヨが微笑《ほほえ》む。

「安里さんの周りってすごく穏やかで綺麗な空気が流れてる感じがするんだよね。マイナスイオンが出てる感じ」

「ええ……？」

「人も物も絶対に悪く言わないし、責めることもないし、とげとげしい態度をとるのすら見たことがない。一緒にいるだけで息がしやすくなって、気持ちがゆったりする。しかも動きが可愛いし、話すとおもしろい。まさに癒やしの塊《かたまり》、俺にとって手放せない存在なんだよね」

「え、えと、ありがとう……？」

「なんで安里さんがお礼言ってるの」

笑って髪をくしゃくしゃ撫でられるけれど、自然に出てきたから仕方ない。

「俺は司法に携《たずさ》わりたいって思ってるけど、法律って、人間の欲や偏見《へんけん》から生まれるトラブルをできるだけフェアに解決するために作られ続けているルールなんだよね。判例や現在進行中の裁判を調べるほど人間の醜《みにく》さや残酷《ざんこく》さを見ることになってうんざりするんだけど、安里さんといると世の中にはこんなに素直で、やさしい人がいるんだって実感できて、こういう人を守るためにも頑張ろうって思える」

自分では欠点だと思っていたマイペースぶり、世間とズレているところも好ましく思ってもらえていたなんて、意外だけれどうれしい。胸の中があたたかくてやわらかいものでふかふかになる。

湧いてくる喜びを言葉で表すことができなくて、安里は恋人の胸に頬ずりしてなついた。キヨが笑う。密着した体に静かに笑う振動が響いて、自分まで笑ってしまう。

「ねえ、キヨ」

「ん？」

「やっぱり僕、キヨのことがすごく好きだと思うよ」

「……うん、そうだろうなあって俺も思ってる。でも、『お試し』はやめません」

先回りして希望を潰《つぶ》されて、むう、と安里は唇をとがらせる。

「なんで？」

「さっきも言ったけど俺の中でまだ折り合いがついてないから。あと、『お試し』じゃなくなったらギリギリで保ってる俺の理性がたぶん死ぬ」

「どういうこと？」

「最後まで安里さんを抱いちゃうと思う」

「……べつに、いいよ」

キヨだし、と思って言うなり「よくないよ」と本人に却下された。

「指までなら医療行為でもあるからって言い訳できても、俺のまで挿れちゃったらもう無理。安里さんがいやがっても無理やり責任とるルートしかとれなくなる」

「キヨをいやがることなんてないけど……、ええと、責任が問題なの？　だったら気にしなくていいのに」

「うん？」

「責任とってほしいなんて思ってないよ。キヨが飽《あ》きたら恋人を解消してくれていいし」

「……は」

いつになく低い声、不穏な気配に目を上げると、切れ長の瞳が険《けわ》しく細められている。初めて見る表情は静かに怒っているっぽい。でも、さっきまで笑っていた彼の態度の急変理由が安里にはわからない。

おろおろしながらも安里は説明不足だったかと慌てて言葉を足した。

「えっと、僕は男だから最後までしても赤ちゃんができるわけじゃないでしょ？　だからキヨがそんなに責任を感じることはないし、恋人解消したいときはお気軽にどうぞっていうか……あっ、でも、恋人じゃなくなっても友達ではいてほしいな」

「はあ？」

語尾が上がる言い方はもはや怒っているというより本気で困惑しているトーンだ。追加説明が意味をなしていないことに焦りつつ、なんとか本意を伝えようとする。

「ええと、僕、恋愛感情をちゃんとわかっているとはいえないけど、キヨのことは誰よりも大事だし、好きなんだ。もし二度と会えなくなったら……って想像するだけで、めちゃくちゃ寂しくてつらくなる。だからキヨといられるならどんな関係でもいいっていうか……、なんなら会えなくても元気に生きててくれるだけでいいんだよね」

「……安里さん、俺に求めるハードルが低すぎるよ……」

こめかみを押さえたキヨが大きくため息をついた。呆《あき》れているようにも、安堵《あんど》しているようにも見える。

目を上げた彼が安里と視線を合わせた。眼差しに怒りの色はもうなくて、真剣な口調で告げられる。

「そういう感覚、ある意味ではすごい愛なんだろうけど……俺はもっと欲張りだから。安里さんとあちこち出かけたいし、いちゃいちゃしたいし、一生そばにいる気だからね。離れてても元気ならいいなんて思えないよ。俺の隣にいてくれないと」

「……一生そばにいてくれるの？」

「うん。いさせて」

「いてくれたらうれしいけど……」

「『けど』は不要です。安里さんに拒否られない限り、勝手にそばにいて俺の愛をわかってもらうつもりだからね」

きっぱりとした断言はもはや一種のプロポーズだ。

恋人の「お試し」は続いているのに、一足飛びに将来を約束してもらってしまった。よくわからない展開だけれど、ふつふつと湧いてくるのは喜びだけだ。顔がほころぶ。

「ありがとう、キヨ。よろしくね」

「こっちこそよろしく……っていうか、安里さんなんでも受け入れすぎだよ」

「そんなことないよ。お尻にキヨのを入れるのは無理って言ったもん」

「でも、指一本なら……ってトライしてみるとか、前向きに取り組んでる時点で結局受け入れてるも同然なんだよねえ。ていうか、俺の理性が死んだら抱いてもいいってさっき言ってくれたでしょう」

「それはまあ……、キヨだし？」

「ほら、結局受け入れてる」

そう言われてしまったら反論できない。でも、抱かれる予定がないことに気づいて安里は眉根を寄せた。

「僕がいいよって言っても、キヨが拒《こば》んだよね？　なんか逆転してない？」

「してるね。でもそれは仕方ありません」

「責任がどうこうってあれ？　一生そばにいてくれるんならもういいんじゃない……？」

「そうもいかないんだよ。一生そばにいるにしろ、友達としてか、恋人としてかは安里さんに選んでもらわないといけないし、閉じた状態で判断させるのは悪徳商法のやり方だからね」

無意識のように髪を撫でながら説明されるけれど、低い声とやさしい手のせいで眠くなってきた。何度もイかされたせいで疲れてもいる。

小さくあくびしながら出てきた安里の感想は一言だった。

「キヨはいろいろ考えるねえ」

「後悔させたくないし、したくないからね。安里さんに全面的に信じてもらっているぶん、俺が考えないと。……眠そうだね？　おやすみ、安里さん」

低く笑ったキヨにぽんぽんと背中を撫でて囁かれたら、許可を得たようにことんと眠りに落ちてしまった。

意識を手放す寸前に思ったのは、この心地よい体温も、声も、手も、自分だけのものであってほしいということ。

それがどういう気持ちからきているのかを安里が自覚するのは、もう少し先になる。

4

いつ「お試《ため》し」が終わるのかわからないまでも、安里《あさと》としては幸せに恋人生活を楽しんでいたある日、キヨから提案があった。

「大学の友達を連れてきてもいい？」

同居して三年目になるけれど、キヨがこの家に友人を呼ぶのは初めてだ。

珍しさに驚きながらも「べつにいいけど……」と家主《やぬし》兼同居人として許可したら、安里の仕事が忙しくないタイミング——次の土曜日のお昼にキヨのゼミ仲間が遊びに来ることになった。

お目当てはキヨの手料理、それから同居人のイラストレーター「オルト」が見てみたいのだという。

「僕なんか見てもおもしろくもなんともないと思うけど……？」

「顔出ししてない人気イラストレーターを見られるってだけで貴重なんだよ。あと、俺が毎回ランチタイムに安里さんにかまってたせいで必要以上に興味をもたれちゃって、前々から言われてたんだよね。……茅野《かやの》も来るよ」

「えっ」

茅野といえば茅野萌音《もね》、オルトのガチファンというキヨの後輩だ。顔出ししていない安里がファンと直接会うのは初めてだ。

「うわあ、緊張する……」

「いやだったら会わなくてもいいよ？　安里さんに無理してほしいわけじゃないし」

「んー……、でも、せっかく来てくれるんだし。あっ、でもでも、キヨたちの世界についていけないなって思ったら仕事部屋に帰っていい？」

念のために保険をかけたら、笑って「もちろん」と返ってきた。

「ていうか、自分から言い出しておいてなんだけど、本当は安里さんをみんなには見せたくないんだよね」

「へ……？　あっ、僕がちゃんとした格好《かっこう》してないから？」

自宅で仕事をしている安里は、毎朝パジャマから部屋着に着替えてはいるけれど、しょせん部屋着だ。

デザインより着心地重視、長袖《ながそで》Tシャツに気温に合わせてもこもこだったり薄手だったりするパーカーを羽織り、下は楽な生地のパンツが多い。ラフなうえに上下のコーディネートすら考えていない。毎日ほどよくお洒落《しゃれ》な格好で大学に行っているキヨとは大違いだ。

「えっと、前にキヨが選んでくれた服ならいい？　でもあれ冬用だったかも……通販でこのくらいの時季に着るやつ買ったほうがいいかな」

「待って待って、服はいつもどおりでいいから。ていうかあんまり身綺麗にしないで」

あわあわする安里を止めたキヨに戸惑いの目を向けると、どこかきまり悪そうに視線をそらして彼が言う。

「安里さんの世界を広げたいなら、うちに来たがってる友達を招くのもアリかなって思ったけど……ガチでライバルになるのは困るから、あんまり魅力を振りまかないでほしい……って俺、理想と本音が一致してないね。あーもう、格好悪い……」

ぐしゃぐしゃと自分の髪をかき混ぜるキヨは、どうやら安里の閉じた世界に新風を送り込むために今回のお宅訪問を受け入れたようだ。

それはきっと「お試し」の恋人の間に「キヨ以外の選択肢《し》」を見せるため。それなのに本当は安里をひとり占めしておきたいなんて、たしかに矛盾《むじゅん》している。でも、顔がにやけた。

手を伸ばして安里はぐしゃぐしゃにされているキヨの髪を撫でる。

「……安里さん？」

「なんかキヨ、可愛《かわい》い」

ふふっと笑って言うなり、彼の眉《まゆ》が下がった。

「安里さんの前では格好いい俺でいたいんだけどな」

「可愛いけど、キヨはいつでも格好いいよ」

「慰《なぐさ》められた……」

「本当だって」

いいこいいこと髪を撫でたら、苦笑した彼の手が伸びてきてやり返された。笑いながらお互いの頭を撫でてくしゃくしゃにする。

一息ついたキヨが、つむじ風に巻かれたような安里の髪を指先で整えながら目を細めた。

「いつも俺が安里さんを撫でるばっかだったけど、こういうのも意外と楽しいね」

「うん」

安里もキヨの髪を手で整えるけれど、男前は乱れ髪でも格好いいし、自分だけが見られる姿だと思うと元通りにするのがちょっともったいない気がした。


数日後、約束の土曜日。

キヨの友人たちを迎えるために、安里もランチ作りを手伝った。来客予定は男性三人、女性三人の、トータル六人だ。

それぞれが食べる量を調整できて、大量に作ったほうがおいしい料理としてキヨはチキンカレーをチョイスした。ライスとナンのどちらにも合うし、遠慮《えんりょ》なく食べてもらえるように両方たっぷり用意する。あとはサラダ代わりの生春巻き、コンソメスープ、口をさっぱりさせるために胡瓜《きゅうり》と春キャベツのピクルス、辛《から》さを中和させてくれるドリンクでもあるラッシー。

キヨのカレーはスパイスからこだわっていて、作るのに時間がかかるけれどめちゃくちゃおいしい。奥深い旨《うま》みと甘み、爽《さわ》やかな辛さ、スパイスの風味が絶妙で、おなかがいっぱいでも「あとひとくち」とスプーンを口に運んでしまう魔性のカレーだ。

「これを食べたらみんなもう学食のカレーには戻れないね……」

ふふふ、と笑いながら食欲をそそる香りを放《はな》っている鍋《なべ》の中身をかき混ぜていたら、フライパンでナンを焼いているキヨが「どうかなあ」なんて言う。

「安里さんの胃袋を摑むために試行錯誤《さくご》を繰り返した結果の仕上がりだから、みんなには当てはまらないかもよ?」

「そんなことないよ！　キヨのカレーは世界一だから自信もって！」

「唐揚《からあ》げは日本一だったからランクが上がったねえ」

くすくす笑うキヨのスマホに着信があった。友人たちが最寄《もよ》り駅に到着したという連絡だ。

あと数十分後には、この家に何人もの見知らぬ男女がやってくる。

「キヨ、僕、変なとこない?」

急激に緊張してきた安里は腕を広げてキヨに自分の格好を見せる。

お洒落しなくていいと言われたけれど、ラフすぎるのは失礼かと思って外出用の服にした。

でも、自宅で迎えるのに外出用でいいのだろうか。

くすりと笑ったキヨがアドバイスをくれる。

「大丈夫、いつもどおり可愛いよ。でも、エプロンははずしておいて」

「あっ、そっか」

慌ててはずす横で「エプロン姿の破壊力はひとりじめしておきたいんだよね」なんてキヨがひとりごちる。何も破壊しているつもりはないし、それを独占したいという発想も謎《なぞ》だけれど、刻一刻と緊張が増している安里に深く考える余裕はない。

そわそわしながら待っていたら、約束の時間きっかりにとうとうチャイムが鳴った。

ぴょんと小さく飛び上がった安里の髪を安心させるように撫でて、キヨが友人たちを玄関に迎えに行く。ドキドキしながら安里も後に続いた。

ドアを開けるなり、「こんちは！　来たぜ」「お邪魔しまーす」と複数の男女の声が重なって玄関が一気ににぎやかになった。

長身の陰から緊張の面持《おもも》ちで見ていたら、さっぱりした雰囲気のベリーショートの美人とバチッと目が合ってしまった。

「あっ、こんにちは。瀬川《せがわ》といいます。オルトさんとお呼びしたらいいですか」

「は、はい……っ」

頷くと、キヨごと取り囲むようにして全員が安里に自己紹介を始める。

「速水《はやみ》です。今日は大人数で押しかけてすみません」

「これ、みんなで買ってきた手土産《てみやげ》です～。ちなみに私は美山《みやま》っていいます。今日はよろしくお願いします」

　あまり愛想がない感じのクールなイケメンに続いて、愛想のいいロングヘアの眼鏡《めがね》美人が紙袋入りの大きな箱を差し出す。安里が手を出す前にキヨが受け取った。

「美山、これ、要冷蔵？」

「ううん、焼き菓子だから大丈夫。松《まつ》やんオススメのお店のやつ」

　眼鏡美人に手で示された地味めの眼鏡男子が人の好《よ》さそうな笑みを見せる。

「あ、どうも。松やんこと松尾《まつお》です。ここの焼き菓子、ほんとにうまいんで食後にみんなで食べましょう」

　松やんの脇腹を隣のマッチョな青年が肘《ひじ》でつついた。

「でかい箱だと思ったら松やんも食べる気で買ってきたのかよ～」

「手土産はみんなで食べてこそだろ」

「そういうもん？　っと、すみません、自己紹介まだでした。自分、大岡《おおおか》っていいます。オルトさんのイラスト好きなんでお会いできて本気でうれしいです！　よかったらあとで仕事場見せてください！」

「図々《ずうずう》しいぞ～」

「と、思ったときには聞こえなかったことにしてください！」

　周りのツッコミに乗っかってにかっと笑う彼は、人なつこいわんこっぽい。タイプは違うけれどみんな仲がよさそうで、フランクでありながら礼儀正しい。

さすがキヨの友達だな……と感心していた安里は、あとひとり、名乗っていない人物がいることに気づいた。

ゼミ仲間たちももちろん気づいていて、キヨと安里を囲む輪から少し離れた場所で立ちすくんでいる美少女に苦笑混じりの目を向ける。

「萌音～、ちゃんと挨拶《あいさつ》しな。憧《あこが》れのオルトさんでしょ」

ベリーショート美人瀬川に促《うなが》されて、ぎこちなく頷いた萌音が一歩踏み出す。モーゼの海割りのように人垣《ひとがき》が割れた。

ふんわり栗色の巻き髪に花とリボンでできたカチューシャを着《つ》け、凝《こ》ったデザインの愛らしいワンピース姿のお人形さんのような美少女の視線は、キヨの長身の陰に半《なか》ば身を隠している安里に釘付《くぎづ》けだ。長いまつげにふちどられた瞳は潤《うる》んでいる。

ゼミ仲間の間で彼女がオルトの大ファンなのは周知の事実らしく、「がんばれ～」「推《お》しの実在に感動してる場合じゃないぞ！」と応援の声が飛ぶ。

声援に頷き、きりりと意を決した表情になった彼女が震える唇を開いた。

「オルトさん、大好きです！」

「へ……っ」

突然の告白に間の抜けた声が漏れると、はっとした萌音が赤くなって言い直した。

「すすっ、すみませんっ、正確にはオルトさんの作品が大好きって言いたかったんです！」

「ああ、うん、そうだよね。ありがとう」

ほっとして、照れながらもお礼を言う。初対面の相手に告白されたらぎょっとするけれど、作品なら素直にうれしい。

ランチは日除《ひよ》けの布をかけたベランダのルーフの下で、レジャーシートを広げてピクニック気分で楽しむことになった。これなら八人分の椅子や大きなテーブルも必要ない。

五月の陽気は外ランチにちょうどよく、祖母があまり手入れしなくても楽しめるようにと選んで植えた花木のおかげで庭とはいえ景色もいい。ほどよい風と解放感。

キヨの特製カレーは大好評で、女性陣も男性陣も虜《とりこ》にした。

「うっま……！　マジでこれ、キヨが作ったの？」

「料理得意そうなのは話しててわかったけど、ガチだったねえ」

「おかわり～」

「セルフサービスで」

「やった、次は大盛りにしてナンで食～べよ」

「ナンもめっちゃうまいよ」

「あ～、生春巻きもおいしすぎ……！　もう一本食べちゃっていいかなあ」

「いいよ。足りなくなったら作ってくるし」

誰かの発言にさらりとキヨが返すと、わっと盛り上がった。

「さっすがキヨ！　対処の早さが神」

「ていうかこのスープとピクルスもうますぎる～！」

「キヨ、結婚しよっか」

「俺としようぜ！」

「だ、駄目です……っ！」

とっさに口から飛び出した言葉は、わいわいがやがやしている中でも思いのほか大きく響いた。全員が目を丸くして安里を見る。

（どどどうしよう……っ。キヨのお友達に絶対変に思われた……！）

ただの同居人があんな勢いで否定したら違和感ありありだ。いまさら気づいたけれど、彼らの「結婚しよう」は「キヨの作った食事を毎日食べたい」という賛辞をこめた冗談だったに違いないのに。

あわあわと視線を泳がせ、言い訳を探して口をはくはくさせていたら、わんこ大岡が勢いよく噴き出した。

「オルトさん、めっちゃ本気で止めてくるね⁉　キヨのメシに胃袋摑まれすぎっすよ。たしかに激ウマだけどさ～」

「う、うん、摑まれちゃってるので……！」

内心でほっとして解釈《かいしゃく》にのっかる。

んふふと品よく口許《くちもと》を隠して、眼鏡美人の美山が笑った。

「胃袋を摑むのは狙《ねら》った相手を落とす基本よね。夢のある素敵な反応ごちそうさまです～」

「美山はすぐ妄想《もうそう》スイッチ入れるよな……。それ、人によってはハラスメント案件だからな」

「ダイレクトな妄想は何も言っておりませんが？」

「匂《にお》ってる。腐臭《ふしゅう》が」

「え、ほんと？　おかしいなあ」

「こら、美山。速水の言うこともっともだよ。好きなものを楽しむ権利を守りたいならマナーを守るのが鉄則でしょ」

「……ん、そだね。初対面のオルトさんの許容範囲もわかんないのに腐臭を漏らしたのは私の落ち度だわ」

瀬川の忠告に素直に反省した美山が安里に向き直る。

「オルトさん、ご不快な気持ちにさせてしまっていたら本当にすみません」

「い、いえっ、大丈夫です。気にしないでください」

というか、興味がないことへの無知が甚《はなは》だしい安里には彼女の発言のどのあたりが「腐臭」だったのかもよくわからない。むしろわかっていたらキヨとの関係がバレていることに驚いて挙動不審になっていたところだ。

わいわいとおしゃべりが戻ってきたら、持ち物すべてがニースシリーズという萌音にわんこ大岡が感心した顔で話しかけるのが聞こえた。

「俺もオルトさんのイラスト好きだけど、茅野はガチのガチだね。ハマった理由とかあったりする？」

「じつは、兄の影響なんです」

「お兄さん？　意外～。似てるの？」

「年も離れてるし、あんまり似てないです。でも本や漫画の貸し借りしたり、一緒に買い物に行ったりするんで、けっこう仲はいいです」

「ああ、お兄さんにオルトさんの本を借りたのがきっかけなんだ？」

「借りたっていうか、兄の部屋に辞書を借りに行ったら『ニース絵日記』を発見して一目惚《ひとめぼ》れしたっていうのが正しいんですけどね。あっ、ちゃんと自分でも買いましたから！」

ぐりんと顔をこっちに向けた萌音が注釈を入れる。こっそり聞いていただけに、ホラーめいた動きに心臓が口から飛び出すかと思った。

「兄はオルトさんがネットで作品をアップしだしたばかりのころからチェックしてたらしくて、『こんなに売れる前から知ってた』ってマウントとってくるのが面倒くさいんですけどね」

「そう言ってやるなよ。『売れそうだ』と思ってたアーティストが売れると、自分の見る目の正しさが証明されたみたいでうれしいもんじゃん」

「中には『自分だけが魅力に気づいてたのに』って売れるのをいやがる人もいるけどね」

「ああ、可愛さ余って一気にアンチ」

「売れてなくてもおまえのもんじゃねーって話なのに、あの独占欲はなんなんでしょうな。昨《さっ》今《こん》の有名人のストーカー被害やら名誉棄損《きそん》やらもそのへんからけっこうきてるよね」

「うちの兄はそんな人じゃありません～」

安里以外のメンバーもなにげに聞いていたようで、全員を巻き込んで話が盛り上がり始める。さすが法学部生だけあって、話題はだんだん犯罪と法律、裁判に向かっていった。途中で隣のキヨが小声で気遣《きづか》う。

「つまんなくない？」

小さくかぶりを振って、安里も小声で返した。

「よくわかんない部分もあるけど、見てるだけでおもしろい。僕、こんなにたくさんの人が盛り上がって話し合ってるとこって見たことないし」

「学校は……？」

「自分の世界に閉じこもって絵を描いてることが多かったからなあ」

「あー……、周りに人がいても、関心をもって話を聞かない限り風景だもんね」

「ふ、風景だとまでは思ってないけど……！　ただ、三人以上いるとちゃんと話ができなくなるから、グループでの会話って苦手なんだよね」

「じゃあいまもしんどい……？」

心配顔のキヨにもう一度かぶりを振る。

「見てるだけだからおもしろい。話をふられたらあわあわしちゃうけど。あと、キヨの仲間たちって頼もしいなあって思って見てる」

「頼もしい？」

「うん。キヨもだけど、頭のいい人たちが真剣に世の中のことを考えて、よくしようとしているのを見ると、きっとこれからよくなるんだろうなって素直に信じられる気がする」

「……ん、がんばります」

ふわりと笑ったキヨが片手を安里の頭に伸ばしかけて、あ、と何かに気づいたように下ろした。照れくさそうに苦笑する。

「みんなの前でやったら『匂わせ』どころじゃないからね」

「ふうん……？」

よくわからないけれど、やはり男同士でスキンシップが多すぎると違和感があるのだろう。キヨの手に撫でられるのが好きな身としては、おあずけにされてちょっと……いや、かなり寂しい。

(でも、キヨがみんなに変な目で見られたらいけないもんね)

ここは我慢するのが年上の余裕だろう。年上なのに頭を撫でられて喜んでいることについては置いておく。

食後は萌音と大岡の強い希望でオルトの仕事部屋を案内することになった。

プロのイラストレーター兼漫画家の仕事場が見られる貴重な機会とあって、案内ツアーに全員が参加したから大所帯だ。ぞろぞろと移動する。

「ここがあの作品たちが生まれる聖地……！」

「とりあえず拝もう」

「はい！」

萌音と大岡が開けてもいないドアを拝みだし、眼鏡松尾が慌てて倣《なら》う。瀬川と速水はその様子をクールに眺め、美山は見るからにおもしろがって目を細めている。キヨは苦笑だ。

困っているのは安里である。

「いや、そんなすごい部屋じゃないから。普通の仕事部屋だよ？」

ガッカリされないように釘を刺してから、ドアを開けた。ぞろぞろとツアー一行が雑多なものがあふれる仕事部屋に入る。

安里の仕事部屋はもともとは祖母の夫、すなわち祖父の書斎で、右側の壁を埋めるように本棚があり、出窓を背にソファァ、その横にロッキングチェア。左側の壁に沿ってパソコンと液晶タブレットの載ったオーク材の大きな机、資料用の棚、アナログ絵を描くとき用の画材が並ぶライティングデスクが配置されている。

「はあああ、オルトさんのお仕事部屋！」

感激の声をあげた萌音は両手を組んで感謝の祈りを捧《ささ》げんばかりだ。大岡はさっそく仕事机に向かう。ほかのメンバーもあちこち興味深そうに眺めていて、「もうちょっと片付けておけばよかったな……」と安里は恥ずかしい気分になった。

しばし感激に浸《ひた》っていた萌音がカッと目を開き、勢いこんで聞いてきた。

「写真撮《と》らせてもらってもいいですか⁉」

「う、うん」

「ＳＮＳにアップしても……⁉」

「いいけど……」と返す語尾にキヨの声が重なる。

「わかってると思うけど、家の場所が特定できるような写真は駄目だよ？」

「もちろんです！」

力強く返した萌音は、許可を得ていそいそと写真を撮り始める。特におもしろみもない仕事部屋だと思うのに、スマホのシャッター音は途切れない。

「わかってないなあ、茅野は。こういうのの感動はカメラごしじゃなくて直《じか》に見てこそじゃん」

「ほっといてください。あとで何度も何度も何度もいまの感動を反芻《はんすう》するんです」

「うわ、『何度も』の回数多くて怖《こわ》……」

頬を引きつらせてドン引くメンバーたちをスルーして、萌音は熱心に写真を撮りまくる。

仕事部屋の案内ツアーのあとは手土産にもらった焼き菓子と紅茶をおやつにふるまって、夕方に解散となった。

ひとりずつが個性的なお礼を述べて、次の人の邪魔にならないように玄関から外に出てゆく。最後に残ったのは萌音だ。

キヨに丁寧に礼を告げたあと、安里に向き直った。すー、はー、と大きく深呼吸して、意を決したように口を開く。

「あのっ、握手していただけませんか……っ」

「う、うん。いいよ」

何時間も一緒にいたのにいまさらそんなに緊張しなくても……と思いながらも頷くと、萌音はレースを縁《ふち》にあしらったニース模様のタオルハンカチで両手をごしごし拭《ぬぐ》ってから片手を差し出してきた。つられて緊張しながらも小さくてやわらかな手をそっと握ると、もう片方の手を添えてしっかと握られた。

大きな瞳をうるうると潤ませて萌音が見上げてくる。

「わたしっ、もう一生手を洗いません……っ！」

「いや、洗って?」

思わず笑ってツッコミを入れたら、すかさず切り返された。

「じゃあまた来てもいいですか!?」

「ええ……？　うん……、まあ、いいけど……」

驚きながらも、断らないといけない理由を特に思いつかなかった安里は了承する。

隣でキヨが小さく嘆息《たんそく》した気配がしたけれど、萌音の勢いある「ありがとうございます！」で吹き飛ばされてしまった。


その日の夜。

寝る前の歯みがきをしていたら、リビングでスマホをチェックしていたキヨに手招かれた。

「茅野、さっそくSNSにアップしてるよ」

「ほんと？　仕事が早いねえ」

口をゆすいでから、ソファに座っているキヨの手許を背後からのぞきこむ。おそらく名前の萌音からとったのだろう、MNというローマ字が並ぶアカウント名のSNSには、興奮冷めやらぬコメント付きでオルトの仕事部屋の画像が投稿されていた。

デジタルの文字なのに、本人を知っているせいかテンションの高さと表情を思い出して顔がゆるむ。

「おもしろい子だったねえ」

「普段はもっと落ち着いているんですけどね。『好きな服を着ているだけなのに、見た目が女の子っぽいだけで軽く見られる風潮は男尊女卑《だんそんじょひ》の表れだ、ぶち壊してやる』って息巻いてるだけあって、後輩の中でも優秀ですし。オルトが関わるときだけキャラが変わるんですよ」

「そうなんだ……？　光栄……なのかなあ……？」

お洒落な写真付き投稿の合間にある真面目《まじめ》な話も興味深いだけに、まともな会話が成り立たないほどの感激ぶりは「光栄です」が適当なのかわからない。

首をかしげていたら、ふいにキヨがこっちを向いた。顔の距離がめちゃくちゃ近くなって心臓が跳ねる。

「……また来ていいよって、言ってたね」

「ん？　ああ、茅野さんに？　あっ、駄目だった？」

家自体は祖母から安里が譲《ゆず》り受《う》けたものだけれど、同居人の許可なくＯＫしたのは自分勝手だったかも。

慌てる安里に、キヨが複雑な表情で眉《まゆ》を下げた。

「駄目じゃないです。ただ……」

「ただ？」

「……少し、不安です。茅野はあのとおり、ニースの世界が似合うので安里さんにとってある意味理想なんじゃないかという気がしますし、あれだけ可愛い女性ですし……って、すみません、情けないこと言って。安里さんに広い世界を見てもらって、そこから選んでもらうべきだと思ってるのに、実際にいろんな人に会ってもらったら自分が男だっていうハンデを実感したみたいです。我ながら見通しが甘かった……」

くしゃりと苦い笑みを見せたキヨが顔を正面に戻し、うまく笑えなかったのを隠すみたいに片手で覆《おお》う。

きゅん、と胸が甘く痛んだ。

じっとしていられなくて、安里はキヨの背中からソファごしに抱きしめた。体を伸ばして、大好きな彼の顔を覆う大きな手に頰をくっつける。

「不安になることないのに。僕はキヨがキヨだからいいんだよ？　キヨが女性でも男性でも関係ないからね？」

「……そう言ってもらうと、俺も同じだから納得できました。安里さんが安里さんである限り、俺もあなたを好きになる自信があります」

キヨの顔を覆っていた手がはずれる。ふふ、と笑って安里は今度は直接頰に頰をくっつけた。

「あと、茅野さんにも、ほかの誰にもドキドキしたりしなかったし、こんなふうにくっつきたいって思わなかったよ。キヨだけだよ」

「……ん、ありがとう」

密着している頰が熱いところからして、どうやらキヨは照れている。可愛い。

照れ顔が見たくて頰を離したら、見られたくなかったようで後頭部をホールドされて肩と首の間にうずめさせられた。残念だけれど、これはこれで湯上がりの肌の香りが満喫《まんきつ》できるからいい。

密着しているせいで響いて聞こえる声で、キヨが苦笑混じりに呟いた。

「あー……俺、まだまだガキだね。もっとどっしりかまえて、安里さんが余所見《よそみ》できないくらいにいい男を目指します」

「キヨはいい男だよ～」

首筋に顔をうずめさせられたままながらも反論する。

「情けない姿見せても？」

「情けなくないよ。可愛い」

「複雑な気分……」

ホールドしている手がゆるんで、安里は顔を上げる。本当に複雑そうな表情を見せている彼は、格好いいのにやっぱり可愛い。

ずっと保護者みたいに自分を甘やかしてくれていたキヨだけれど、こうして余裕をなくしている姿を見ると完璧《かんぺき》なだけじゃない彼のリアルを感じて、ますます好きだなあ、と胸が細い糸でやさしく締めつけられるような感じがする。

甘やかしてもらうだけじゃなくて、甘えさせてあげたい。不安は拭い去ってあげたいし、幸せにしたい。できることなら自分の手で。

（そっか、この気持ちが『好き』なんだ……）

ふいに、目の前の白い靄《もや》が晴れたように安里は理解する。

一緒にいるだけでうれしくて、満ち足りて、それでいて何か物足りないみたいにそわそわして。くっついたら幸せなのにもっとくっつきたくなって、相手のことが自分よりも大事で、その幸せを願う。

「キヨ、キヨ、僕、キヨが好きだよ」

「……どうしたの、急に」

「いま、すごくそう思ったから。たぶんこれ、キヨの好きと同じ好きだ。ううん、たぶんじゃなくて絶対」

思いきって断言したら、ふ、と彼が甘く目を細めた。ドキリとしたのに、思いがけないことを言う。

「きっと違うよ」

「なんで……っ」

「だって俺の好きは、安里さんが想像するよりずっと重くて深くてでかいから。たぶん安里さんは一生勝てないと思うなあ」

「そ、そんなことないよ！　僕だってキヨのことめちゃくちゃ好きだからね⁉　きっと負けないよ！」

「ほんとに？　どのくらい俺のこと好き？」

「どのくらいって……」

感情というのは量《はか》ろうにも量れない。それでもやっと自覚したこの気持ちをキヨにもわかってほしくて、少し考えた安里ははっと思いついたことを口にした。

「キヨのをお尻に入れてもいいくらい好きだよ」

げほ、と彼が咳《せ》き込《こ》んだ。上体を折り曲げて、膝に肘《ひじ》をついた体勢で両手で顔を覆う。また顔を隠されてしまった。

「キ、キヨ……⁉」

「……安里さん、素でとんでもないこと言うよね……。安里さんに俺と同じ意味で『好き』って言ってもらえるのがうれしくてちょっとからかっただけなのに、すごい反撃受けた」

「からかってたの……⁉」

目を丸くする安里にくすりと笑って、片手を伸ばしたキヨが首を引き寄せる。自らも上体を起こして、軽く唇に口づけた。

「ちょっとだけね。急に自覚してくれたから、すぐには信じきれなかったのもあるけど」

「いまは信じられたの……？」

「うん。あ、でも、俺にお尻を差し出してくれたからじゃないよ。安里さんの表情にいままでの迷いがなくなったからだからね？」

これまでは恋愛的な「好き」をちゃんと理解していないのが滲《にじ》み出《で》ていたのだけれど、目の輝きや口調が変わったらしい。

「あと、みんなでランチ食べてるときに俺への独占欲を見せてくれたのも、期待していいのかなって思えたんだよね」

「あ……、あのときはごめんね？　みんなに変に思われるような態度とって……」

謝る唇を軽いキスで遮《さえぎ》られる。

「めちゃくちゃ可愛くて、うれしかったよ。高校のころは俺が告られてても全然平気そうだったのに、いまは違うんだっていうのがわかって、抱きしめてキスしたいくらいだった」

できなかったぶんを取り戻すように、うれしそうにほころんだ唇で何度もキスされる。じゃれるようなそれに心がくすぐったくなって、安里も唇をほころばせた。自分からもちゅっとキスをすると、間近にある彼の瞳がとろりと幸せにとける。

「はー……、安里さんと本当に両想いなんだ……。すごいうれしい」

「うん、僕も……。お待たせしました」

自覚するまでこんなにもたもたするなんて、きっと普通じゃありえない。感謝をこめてもう一度軽いキスをすると、笑いながらお返しがくる。

「全然。ありがとう、安里さん。自覚したの教えてくれて」

「ん……。それで、あの、ほんとにする？」

「んん？」

「おしり……」

小声で言うと、目を見開いた彼が小さく笑った。

「安里さんはしたい？」

「……キヨがしたいなら、したいよ」

「じゃあしない」

「なんで？」

思いがけない返事に驚くものの、内心で少しほっとしてしまった。

さっきは勢いで言ったものの、キヨのサイズを知るだけに「あんなところに入るわけなくない……？」という疑いは消えていない。数日おきにある締切のことを思うと座れなくなったらつらい。

そんな安里の不安やためらいは、キヨにまるっとお見通しだった。

「俺がしたいなら、って前提がつく時点で安里さんはまだしたくないんだと思うよ。抱かれるほうが大変なのに無理してほしくないし、俺としては安里さんがそこまで言ってくれただけでうれしいから、しなくても大丈夫。挿《い》れるだけがすべてじゃないしね……？」

低く囁いた恋人の含みのある流し目に、いろいろ教えられてきた体が内側からぞくりと甘く震える。なんとなく目をそらしながら頷いた。でも。

「……ほんとに、最後まではしないの？　ずっと？」

「お、そう言ってくれるってことは安里さんも全然興味がないわけじゃないのかな？」

言葉を使う仕事を目指しているだけあって、キヨは発言のニュアンスを正確に理解しすぎる。じわりと顔が熱くなったものの、期待を表情に滲ませている恋人に嘘はつけなかった。

「……ちょっとだけ、ある。痛いのは嫌だし、したことないからなんとなく怖いけど、指……は、気持ちよかったから……」

最後のほうは真っ赤な顔で、聞き取れないほど小声になった安里の告白に「んん」とキヨがうなって目を閉じた。

小さく息をついた彼が、目を開けてにっこりした。

「安里さんが前向きに取り組んでくれる人でよかった。じゃあ、したくなったら教えてくれる？」

「僕が……？」

「うん。俺はいつでもOKだから、安里さんのタイミングに合わせたい」

「……ずっとしたくならないかもしれないよ？」

「それでもいいってさっき言ったよ」

「あ、そ、そっか」

本当にそれでもいいのか心配になって聞いてみたけれど、キヨの口調も眼差《まなざ》しも穏やかながらも愛情に満ちていて、説得力がある。

「あと、俺に合わせなきゃって思ってくれなくていいからね？　俺は安里さんをめちゃくちゃ大事にしたいから、安里さんにも自分自身のことを大事にしてほしい。安里さんに無理させたら俺は自己嫌悪に陥《おちい》るからね？」

少し考えて、理解した。キヨに喜んでほしくて「最後までしたい」と言ったとしても、それが本心じゃなかったら喜べないよと釘を刺されたのだ。万一にでも安里に無理をさせないように言葉で保険をかけておくあたり、さすがキヨだ。

「……キヨは僕のことを大事にしすぎだよね」

「大事だからね」

さらりと言ってのけるからまいってしまう。心も体もなんだかくすぐったくてたまらない気分になって、安里はキヨの肩に頭を押しつけてぐりぐりした。キヨが笑う。

「甘えてる？」

「ん……。もっと、甘えさせて？」

瞳をのぞきこむようにして呟いたら、目を瞬《しばたた》いた恋人の切れ長の瞳が甘い笑みにとけた。

「いいよ」

多くを語らなくても察してくれるキヨはソファを立ち、抱き寄せた安里に深い口づけをくれる。そのあとは彼のベッドでたくさん甘やかされた。

最後まで抱きあわなくても、恋人は完璧な恋人だ。

5

キヨへの恋心を自覚して、「お試し」から本物の恋人になった安里《あさと》にやってきたのはまさにこの世の春、穏やかな日常の幸せに恋の喜びがトッピングされたハッピーライフである。

でも、ほんのちょっぴりスパイスもついてきた。

「また来てもいい」と許可したことで、学校帰りのキヨにたまに萌音《もね》がくっついてくるようになったのだ。

毎回手土産《てみやげ》に手作りのクッキーやカップケーキを持って、うれしそうに訪ねてくる萌音に悪気などまったくないのはわかっている。でも、彼女がいるとキヨに「おかえり」のハグやキスができないし、関係を疑われるような言動もできない。

もともとナチュラルにキヨに甘え、甘やかされていた安里としては、人目を気にしていろいろ我慢しないといけないことに自分でも驚くほどのストレスを感じていた。特に、キヨと萌音が料理のレシピなどで盛り上がっているのを見ると胸がじりじりもやもやする。

これが「嫉妬《しっと》」というものらしい。

深く考えずに「また来てもいい」なんてOKしたあのときの自分に文句を言ってやりたいくらいだけれど、時は戻せない。いまならため息をついたキヨの気持ちがわかる。

ちなみにキヨはキヨで、安里が萌音の誉《ほ》め言葉に照れていたり、彼女の手土産のお菓子をにこにこ食べている姿を見たりすると「どうしても妬《や》いてしまう」そうだ。

自分が妬くのはいやなのに、妬かれるのはなんとなくうれしい。

キヨも同じだというから、自分のアンハッピーが相手のハッピーになりうるなんて嫉妬とは奥深い。恋心の複雑さに初心者安里は振り回されている。

とはいえ、なんだかんだいって萌音は恋人との幸せを再確認させてくれるスパイスだった。

彼女が来た日は、お互いへの独占欲から夜のいちゃいちゃタイムがいつもより長くなる。

いつしか安里の体はすっかりキヨの愛撫《あいぶ》に慣れて、最後まですることへの不安もほとんどなくなった。むしろ、あらぬところに覚えさせられた快感に先があるなら、もっと知りたいかも……と思うようになっている。器用かつ気長な恋人の仕込みっぷりが光る。

とはいえ、初心者が自分から誘うのはさすがにハードルが高い。途中で「やっぱり無理」となったら申し訳ないというのもある。

いっそのこと勢いで抱いてくれないかな、と思うものの、恋人の理性は頑強だった。最後の一線を越えるタイミングがいつになるかは完全に安里次第になっている。

(何かきっかけがあったら思いきれるのかなあ)

そう思うものの、蜜《みつ》のような幸せに頭のてっぺんからつま先まで浸《ひた》っていると切羽詰《せっぱつ》まった衝動には見舞われない。

まあいいか、本気で欲しがれるようになるまで恋人が待っていてくれるというのなら、この体と心がそうなるまで自分も待とう。たぶんそんなに先のことじゃないはずだ……とのんびりかまえているうちに二週間が過ぎ、恋愛とは別方向で思いがけないことが起きた。


オルトのＳＮＳの更新は実務担当のキヨと製作者本人の安里が一緒にいて、ゆっくりできる時間帯である夜十時ごろに行っている。

その日はひさしぶりに仕事じゃないイラストを描いたから、投稿してもらおうと安里はデータをキヨのノートパソコンに送った。

「いまイラスト送ったよ～」

「うん、届いたよ」

電波の力ってすごい、と毎回思うタイミングでキヨが答えて、ファイルを開いて中身を確認する。ふわりと彼の顔に笑みが浮かんだ。

「今回も可愛いねえ。雨降りの日も楽しくなりそう」

「ほんと？　よかったあ」

もうすぐ六月ということで、描いたのはカラフルな傘《かさ》をさすニースたちだ。紫陽花《あじさい》と水たまり、雨を喜んで歌うカエルも添えている。

キヨの気負いのない、だからこそ素直な誉め言葉は毎回うれしい。自分で好きなように描いているにしろ、創作物は正解がないものだからひとりでも喜んでくれると描いてよかったなと思えるのだ。

投稿準備を終えたキヨが安里を呼んだ。

「コメント、これでいい？」

パソコンの画面を確認しようとのぞきこんだら、腰に腕が回ってひょいと彼の脚の間に座らされた。「恋人」になって以来、何か作業するときはこのポジションが安里の定位置だ。

すっぽりと抱きこまれた肩ごしにキヨがパソコンやスマホを使うのにも慣れた安里がＯＫを出したら、彼が投稿ボタンを押した。すぐにぽぽぽんと「いいね」がついて、喜んでくれる人がいることにうれしくなる。

見覚えのあるアイコンの人には勝手に親近感を覚えているのだけれど、オルトのガーディアンでもあるキヨはコメントが届き始める前に画面を切り替えた。

「そういえば、ファンアートっぽいのが届いてたよ」

「えっ、ほんと？　見たい！」

自作のニースたちのほか、企業から依頼されてデザインしたキャラクター、パンフレットの挿絵《さしえ》、書籍の装画などいろいろ描いているけれど、プロのイラストレーターにイラストを送るという行為はハードルが高いせいかファンアートはめったにもらわない。ほとんどが子どもたちが描いたものを親が送ってくれたものだ。

安里は子どもたちの描いてくれたイラストが大好きだ。キャラクターへの「好き」と一生懸命さがあふれていて、見ているだけで幸せな気分になる。

今回もそういうイラストを予想していたのだけれど、まったく違った。

「うわ、うまいね……！」

「プロ級だよね。ただこれ、何のキャラクターかわからなくて。ニースの世界にいそうなんだけど、ペンギンって登場してなかったよね？」

うん、と頷いたものの、どうにも引っかかりを覚えて安里はまじまじとイラストを見る。

夏らしい、ロープ付きの浮き輪と錨《いかり》を背景にデザインされた、ロゴっぽさもあるペンギンのキャラクター。――タッチは違うけれど、これによく似たものを知っている。

「……これ、僕がいま描いているキャラにそっくりだ」

「は」

驚きの声をあげたキヨに、企業からの依頼で夏のフェア用にデザインしているキャラクターがペンギンで、ディテールや構図がそっくりだと安里は説明する。

「アレンジした盗作ってこと……？」

「でもこれ、まだ提出してないんだけどなあ」

不思議さに首をかしげると、眉根《まゆね》を寄せていたキヨが何か思いついた様子でパソコンを操作して、あるSNSアカウントのホームへ飛んだ。

画面に示させたのはMN――萌音のアカウント、数週間前の「大好きなイラストレーターのオルトさんの仕事部屋を見せてもらっちゃいました！」の投稿だ。

「……これですね」

低く呟いたキヨが、安里のアナログ作業用のデスクが写《うつ》っている部分を拡大する。

そこには、デザイン途中のラフが何枚か写りこんでいた。

近ごろのスマホは画質がいいから、夏らしいペンギンのキャラクターのラフが細部までかなりクリアに――トレース可能なレベルで見える。デスク上のパーツを組み合わせて仕上げると、今回送られてきたペンギンのイラストができるのは明白だった。

「写真撮《と》ってたの、茅野《かやの》だけだったよね？　安里さんは外に出ないし、俺がいないときにうちに来る人もいないから、流出経路はここ以外ないと思ってよさそうだな……」

「も、もしかしてキヨ、茅野さんを疑ってる……？」

「いえ。茅野が絵を描けるかどうかは知りませんが、すぐ足がつくのにこんな真似をするほど頭は悪くないはずです。でもこういうときに断定は禁物《きんもつ》ですし、確認したいこともあるんで、万が一投稿を消されても大丈夫なようにしておきます」

淡々とした口調ながらも、敬語になっているキヨは静かに怒っている。ちょっと毒舌になっているし。

オルトに関する投稿のスクリーンショットを日付入りで撮り、送られてきたペンギンのイラストとそのアカウントのホームも同じようにスクショしたキヨは、それらをプリントアウトした。裁判ではいまだに紙の書類が重要視されているから「念のために」だそうだ。

ちなみにペンギンのイラストを送ってきたアカウントはできたばかりで、フォローもフォロワーもゼロ、ほかの投稿もプロフィールもない。名前は「アノニ▨」。

「アノニ……？」

「アノニマス、ですね。有名なハッカー集団も使っている名前ですが、英語で匿名《とくめい》って意味です。これ、完全にわざとだろうなあ」

眉根を寄せて呟きながらさらにいくつかの作業を終えたキヨは、流出元と思われるＭＮことに萌音にメッセージを送った。すぐに返信があり、続けて電話がかかってきた。

慌てて恋人の脚の間から横に移動して、三人で話せるようにキヨのパソコンにつないだら、萌音ががばりと頭を下げた。

「すみません、私の不注意でオルトさんにとんでもないご迷惑を……っ！」

涙声で謝る彼女がすっぴんで、少しくたびれたニース柄《がら》のルームウェア姿なことに、いつもの気合の入った格好とのギャップを気にする余裕もなく連絡をくれたのだとわかって少しほっとした。彼女にも今回の件は予想外だったのだ。

「気にしなくていいよ、僕もうっかりしてたから。送ってきた人に悪気があるとも限らないしね」

普段仕事場を見せることがないからデザイン中のラフを片付けるなんて思いつきもしなかったし、アイデア盗用の危険性まで考えが及んでいなかった。

起きてしまったことは仕方ない、ですまそうとする安里にキヨが真剣な声で言う。

「悪気があるかないかは関係ないよ。先に出されたことで、安里さんはもうあのキャラを提出できなくなったんだから」

「あー……うん。たしかに」

アイデアの盗用だろうが、先に世の中に出して認知された者勝ちだ。

できたてのアカウントとはいえ、フォロワーが多いオルトに周りに見える形でイラストを送ってきた時点で多くの人の目に触れており、たくさんの「いいね」をもらっている。これからオルトが出したキャラクターが似ていれば「パクリ」と言われるのは間違いない。

ごく一部が言い出したことだとしても、それが真実ではなかったとしても、悪い噂《うわさ》が広まったら企業にもオルトにもダメージがある。そんなキャラクターを企業は求めない。

ゼロからもう一度考えるのは大変だけれど、さいわい締切まで時間がある。もう一度作り直したほうが実際的だ。

そう言ったら、萌音がくしゃりと顔をゆがめた。

「オルトさんが泣き寝入りしないといけないなんて……！　悔《くや》しいです……」

「いや、泣き寝入りなんてさせないよ。これは立派な盗用だからね、犯人をこのまま野放しにはしない」

低く呟いたキヨの迫力に目を丸くすると、気づいた彼が安心させるように微笑《ほほえ》んだ。

「大丈夫、任せといて。安里さんをこういうことで煩《わずら》わせたくないし、この手のことは俺のほうが得意だから勝手にやっとくね」

「でも……」

「キヨさん、わたしも手伝わせてください！」

戸惑う安里の声をかき消す勢いで挙手《きょしゅ》したのは萌音だ。

「もともとはわたしがオルトさんの仕事部屋の写真を撮って、加工もせずにアップしたのが原因なんです。せっかくのオルトさんの新規キャラクターをお蔵入りにした責任は、なんとしてもとりたいです……っ」

メラメラと瞳に炎を燃やす萌音の協力をキヨは受け入れ、安里本人は入れないまま「オルトを守り隊兼盗作絶対許さない会」が結成されてしまった。

法律に詳《くわ》しく、頭の回転が速く、実行力がある二人がオルトのために協力しているのは頼もしいし、ありがたい。

だけど、キヨへの恋心を自覚した身にはジェラシーのスパイスが少しばかりききすぎた。

キヨと萌音がアイデア盗用対策について安里にはよくわからない法律の話をしていたり、ランチ会に参加したゼミ仲間について話題にしていたり、アノニ⧄と思《おぼ》しき人物がほかにもやらかしている事例について情報共有したりするのを目《ま》の当たりにすると、どうしようもなく胸がもやもやする。

二人はオルトを守るために協力しているのだ、もやもやするなんておかしい、といくら自分に言い聞かせても、どうにもならなかった。

特に今日は、「バイトがないから早く帰るね」と言っていたキヨが、「茅野から相談があるって言われたから遅くなるかも」なんて連絡してきたから。

（キヨ、茅野さんとごはん食べてきちゃうかな……）

ファミレスで会うって言ってたもんな、と二人の様子を想像して、またもやもやする。

「うー……」

クッションを抱いてソファにころがり、胸を波立たせるもやもやの苦しさにうなっていたら、玄関のほうで物音がした。がばりと安里は身を起こす。

「ただいまー」

キヨだ。いつものようにまっすぐ洗面所に向かった彼を追いかけてリビングを飛び出す。

「おかえり！」

ハグがつい長くなったら、理由を聞いたキヨは安里の胸のもやもやがなくなるまで髪を撫でながら「ただいま」のキスをくれた。

言葉だけでは、理性だけでは抑えきれない感情を、身体的ふれあいがカバーしてくれるのかもしれないなあ、とようやく落ち着いた安里は思う。

気になりながらも「相談」なら勝手に聞いちゃ駄目だよな、と我慢していたら、夕食後、キヨのほうから真剣な表情で切り出された。

「茅野からの『相談』、安里さんにも関係あることなので話しますね」

「う、うん」

ドキドキしながらも姿勢を正す。

「この前のペンギンのイラストの件、茅野の身近にいる人物が犯人かもしれません」

「えっ」

「それで、安里さんにお願いがあって」

「……！　僕にできることならなんでも言って！」

「ていうか、安里さんにしかできないことです」

これまで蚊帳《かや》の外に出されていたのに急にセンターに招かれて、不謹慎《ふきんしん》ながらもちょっとわくわくしてしまう。

身を乗り出した安里にキヨがした「お願い」は、トレースしやすいイラストをラフなタッチで何枚か描くことだった。

できるだけ適当に、仕事には使わないようなものを、というリクエストに、安里は落書き感覚で海の生き物をいくつか描く。思いつくままにクジラ、フグ、タコ、イカ、ヒトデ。

描いているうちに楽しくなってきて、クジラに山高帽《やまたかぼう》をかぶせてヒゲを蓄《たくわ》えさせたり、フグを空飛ぶ気球にしてみたり、タコとイカにビールで乾杯させたり、ヒトデたちが手（？）をつないで砂浜でデートしていたりという姿にしてしまった。

「うわあ、落書きなのにすでにめちゃくちゃ可愛い……。これを罠《わな》に使うのもったいないなあ」

「罠？」

きょとんとする安里にキヨが作戦を明かす。

萌音のアカウントはときどき鍵《かぎ》をかけていて、フォロワー数は現在三十人ほど。そのうち八割がリアルな知り合いで、残りの二割はネット上でやりとりして気が合いそうな相手と相互になっている。要するに萌音はフォロワーを全員把握《はあく》していて、そのうえであやしい人がいる可能性を感じたのだ。

しかしながら証拠《しょうこ》がない。オルト宛《あ》てに送られてきたイラストは新しく作ったアカウントだったし、「タッチが似ている」だけでは冤罪《えんざい》を生む。

ということで「罠」の出番だ。

前回のオルトの仕事場訪問の投稿のときはオープンアカウントにしていたけれど、今度の落書きは鍵をかけてから投稿する。鍵アカにすれば見られる人が限定されるから、それでもオルト宛てにアイデア盗用イラストを送りつけてくる者がいれば茅野の疑念は確信に変わる、ということだ。普段から鍵をかけたり開けたりしているからこそ、彼女のアカウントをずっと見張っていない限りどのタイミングで鍵をかけたかはわからない。犯人が彼女のフォロワーだとしたら、おそらく気づかないだろう。

「それでも、その人がやったっていう物的証拠がないと駄目なんだけどね。茅野は『もし想定している人が犯人なら絶対自白させる』って」

ほえ～、と間の抜けた相槌《あいづち》しか打てないのは、「物的証拠」だの「自白」だのとドラマでしか聞かない単語が誰よりも身近な存在であるキヨの口から慣れた調子で出てきたからだ。

きりりとした表情で真実を追い求めるキヨは、普段の穏やかな彼とのギャップがまた格好いい。うっかり見とれてしまったけれど、そんな場合じゃなかった。

「僕はほかに何したらいい？」

はりきって聞いたのに、「何も」と拍子抜けする返事がきた。

「罠を張ったら相手の出方を待つだけだからね。あとは結果を御覧《ごろう》じろ、だよ」

芝居がかった言い回しは耳慣れないけれど、「待て」というコマンドはわかった。

架空の人物・岡っ引き姿の五郎《ごろう》と二郎《じろう》がアイデア盗用マンを捕まえている姿を頭に思い描きながら、安里は表情だけはキヨに合わせてきりっと頷いた。

6

張った「罠《わな》」に獲物がかかった。

萌音《もね》のアカウントに鍵《かぎ》をかけてから、「またまたオルトさんに招待してもらっちゃいました！」と仕事部屋の写真を投稿する。アナログ作業用のデスクに先日描いた落書きをいくつかの素材と一緒にちりばめ、トレース可能な解像度で撮《と》ったものだ。

数日後にオルトのアカウントに紳士クジラ、気球フグ、乾杯イカタコ、デートヒトデが見事なイラストロゴ風に仕上げられて届いていた。

ちなみにイラストのタッチは先日のアノニ〼のアメコミ風とは違うジャパニメーション風で、アカウントも新しく作られたものだった。

今回送りつけてきた相手の名前は、「ＮＯＮＡＭＥ」。

「ノナメ？」

「ノーネームだと思うよ。『名無し』ってこと。前回がアノニマスで『匿名《とくめい》』だったから、これ、絶対わざとだし、同一人物っぽいね」

「うん、たぶん同じ人だと思う」

「わかるの？」

驚かれたけれど、タッチを変えてあっても線の流れ方、細かい部分のくせ、配色センスから安里《あさと》の目には同一人物が描いたものに見える。

ピカソのように人生で大幅《おおはば》に画風を変える天才画家もいるけれど、多くの絵描きは手癖《てくせ》を完全には抜けない。自分も絵を描くからこそ安里の目と感性はたしかだ。

「上手だよねえ」

安定感のある線も、デザインも、カラーバランスも、やっぱり素人《しろうと》とは思えない出来だ。素直に感心していたらキヨが苦笑した。

「百パーセント本人のアイデアならいいけど、これも盗作だからね？　アレンジを加えていようが他人の表現のアイデアを下敷きにしている時点でアウトっていうのは、五輪のロゴ問題のときに広まったでしょう」

「まあ、そうなんだけど……、これだけ描けるのにもったいないね」

「俺としては何が目的かが気になります」

本人無自覚で敬語になるときのキヨは、優秀な頭脳をフル回転させているときだ。

（目的かあ……）

安里も自分なりに送り主の考えを想像してみる。

誰かの描いたアイデアを「いいな」と思って、自分なりにアレンジしたくなった？　でもその場合、本人に送ってくるのはなんでだろう。「上手にできたから見てほしい」？

（うーん……、僕だったらアイデアがかぶったら別なのを考えるけどなあ）

仕事として絵を描いているからこそ、安里は依頼主に迷惑をかけないことを最優先に考える。ノーネーム氏の思考を追おうにも早々に行き詰まってしまった。

ちらりとキヨを見ると、スマホを手になにやら活動を開始していた。前回と同じように投稿日時を入れて画面をスクショしたのはわかったけれど、誰かとメッセージのやりとりもしている。

安里の視線に気づいたキヨが画面を見せてくれた。

「目的についてはとりあえず置いといて、同じ人が二度アイデア盗用したなら明らかに故意なので、確認のためにも運営側へのＩＰアドレスと電話番号の開示請求の手続きを母に頼みました。個人でやるより弁護士を介したほうがスムーズなので」

「なるほど……」

画面には冴香《さえか》から「合点承知の助」のスタンプ。ちなみにこれもオルトが描いたキャラだ。こんなときにもかかわらず使ってもらっていることに面映《おもは》ゆさを感じる。

「目的、よくわかんないねえ」

同じ絵を描く者として思考を想像しようとしたのに行き詰まってしまった、と打ち明けたら、スクショ画面をプリントアウトしながらキヨが思案顔になった。

「……プロ意識のない絵描き、ってことですかね。目的は自己アピールで、フォロワー数が多いオルトのアカウントで自分のイラストを披露《ひろう》することでスカウト待ちしているとか。でも、他人のアイデアを盗用している時点でプロ失格なんだよなあ……。もしくはシンプルにいやがらせ、とか」

「いやがらせ……？」

「現時点では判別しにくいですけど……っと、ちょっとすみません」

スマホに着信があり、画面を見たキヨが少し眉根を寄せて電話に出る。ごく短い会話を低く交わして、安里に目を向けた。

「茅野《かやの》が、安里さんに謝りたいって」

「え……っ」

まさか萌音が自白してきたのだろうか。でも、彼女も罠を張る側だったはずなのに。

混乱しながらもスマホを受け取って、おそるおそる耳に当てる。

「もしもし……？」

「オルトさん、ごめんなさい……」

沈《しず》んだ声の彼女はいつものテンションじゃなく、別人のような暗さだ。おろおろと何も言えずにいる間に、絞《しぼ》り出《だ》すように萌音が告げる。

「……『犯人』、兄でした」

「へっ」

予想外すぎて間の抜けた声が飛び出してしまった。

兄といえば、萌音がオルトのファンになるきっかけとなった『ニース絵日記』を持っていたというあの兄だろう。

姿かたちも人となりもまったくわからない相手だけれど、自分のファンというだけで安里としてはありがたさが先にたつ。悪気なく描いた一種のファンアートだったのかな、と楽観的に受け止めたのに、キヨは違った。

硬い声で萌音に確認する。

「お兄さんって、専門学校のイラストデザイン科で講師してるって言ってたよね」

「はい……」

沈んだ声で肯定《こうてい》した萌音が、「本当にすみません……」と重ねて謝る。深刻な二人に戸惑っていたら、キヨがこっちを見て理由を明かした。

「講師をしてるってことは、著作権やアイデアの盗用についてもきちんと理解しているはずです。『悪気のないトレース』が著作権法に抵触してトラブルになるのは枚挙《まいきょ》に暇《いとま》がないですし、生徒たちに教える立場ですからね」

「……つまり？」

「わかっていて、アイデアを盗用したイラストを送りつけてきていたということです。おそらく目的は……」

言葉を切ったキヨがスマホに厳《きび》しい声を向ける。

「茅野、お兄さんも一緒にこれから会える？」

「は、はい……っ」

「じゃあ前に言っていた例の公園で。二十分後に」

「わかりました。絶対連れて行きます！」

いつになく低い声で告げたキヨと、決意に満ちた声で約束した萌音は、なにやら二人だけで通じ合っている。自分のためだとわかっていても複雑な気分になった矢先、スマホをポケットに仕舞ったキヨが立ち上がった。

慌てて後を追おうとしたら、気づいたキヨが困り顔になった。

「安里さんは待ってて？」

「えっ、なんで」

「危険な目に遭《あ》わせたくないから」

過保護な恋人のやさしい言葉は、逆に言えばいまから彼が危険な場所に向かうという意味だ。すうっと血の気が引くような気がして、鼓動《こどう》が乱れ始めた。「いい子で待っててね」と笑顔で出かけて行って、戻らなかった両親、祖母の姿が頭をよぎる。

何も危険な兆候《ちょうこう》なんてなかった。なかったのに、戻らなかった。

万が一にでもキヨが戻らなかったら、自分は絶対に耐えられない。

青ざめた顔で安里はふるふるとかぶりを振った。

「……ひとりで、行ったらいやだ……。置いて行かないで……」

はっと息を呑んだキヨが名状しがたい表情になって、ひとつ息をついた。安里の頬をあたたかな手で包みこんで、そっと額をつける。

「うん、一緒に行こう。俺と一緒にいて」

ほっとして体の力が抜けそうになると、抱き留めて支えられた。

「抱いて運んでほしいの？」

少し笑みを含んだからかいに慌ててかぶりを振って、自分の足でちゃんと立つ。

そうだ、危険な場所に向かうからにはキヨの足手まといになってはいけない。ぼんやりな白分は役には立てないかもしれないけれど、せめて邪魔にならないようにしなくては。

気合十分な安里の髪をくしゃりと撫でて、キヨが少し申し訳なさそうに笑った。

「ごめん、そんなに深刻な顔させて。じつは言うほど危険じゃない」

「へ」

「俺が安里さんを髪の毛一本でも危険な目に遭わせたくないだけで、茅野のお兄さんとは話し合うだけだから。どうしてアイデア盗用をしたのか理由を聞いて、今回の件に関する法的な問題点及びこっちが被《こうむ》った実害について理解してもらって、今後二度と同じようなことをしないように約束を取りつけるだけ。相手の態度によっては示談金《じだんきん》くらいは要求するかもしれないけど、普通に話し合える人ならヤバいことにはならないし、茅野が言うには普段は話が通じる人だって」

「そ、そうなんだ……」

緊張していたぶん、安堵《あんど》で気がゆるみそうになった。いかんいかんと慌てて気を取り直す。何が起こるかわからないのが人生だ。

トラブルがないにこしたことはないけれど、何かあったときには自分がキヨを守るくらいの心構えでいたい。いや、今回狙《ねら》われたのは自分だけど。

どんな人だろうかと緊張しながらキヨと夜の公園に向かったら、街灯の下、萌音とその兄と思《おぼ》しき男性がすでに待っていた。

「オルトさん、本当に本当にうちの兄がごめんなさい……っ！」

姿が見えるなり勢いよく頭を下げたのは萌音だ。横を見て、安里たちから視線をはずしている兄に気づくと「ちょっと、お兄ちゃんも！」とお辞儀《じぎ》させようとする。

「あー……、すみませんね。こんな大ごとになるなんて」

苦笑混じりに肩をすくめたのは、神経質そうな雰囲気ながらもお洒落《しゃれ》なイケメンといっていい二十代後半くらいの男性だった。

あまり罪悪感《ざいあくかん》を覚えていないような態度に、キヨの纏《まと》う気配が少し不穏になる。わざわざ見上げて確認はしないけれど、ちょっと眉根を寄せているかもしれない。

（キヨ、僕が絡むと急に短気になるもんなあ）

普段は温厚を人型にしたかのような聖人ぶりなのに、こと安里が絡んだときだけは別だ。感情的に怒ることはないけれど、冷静にじっくりことこと煮こんだ怒りを相手の頭からどろどろとかけて窒息《ちっそく》させるような怒り方をする。

周りから見たら普段とのギャップも含めて怖いのだけれど、そんな怒られ方をされたことがない安里は「頭のいい人は怒り方も知的だなあ」などと感心している次第である。

低く抑えた声でキヨが切り返した。

「本当に悪いと思ってます？」

「思ってる思ってる。いやほんと、悪かったね。ちょっと落書きしたのを送ってみただけなんだけど」

まいったなあ、といわんばかりの彼はあくまでも「軽い気持ちでやったこと」で、「こんなに騒ぎ立てられて困惑している」というスタンスだ。言葉遣《づか》いもフランクなまま、彼の教え子たちと同年代の相手に下手《したて》に出る気がないのが伝わってきた。

「もういいかな？　明日も仕事なんだよ」

「お兄ちゃん……！　いい加減にしてよ！」

怒《いか》りの声をあげたのは萌音だ。

「ちゃんとオルトさんに謝って！　わざわざ新しいアカウントを作ってオルトさんの仕事の邪魔をしたんだから、悪いことをしてるって自覚はあったんでしょ⁉」

「うるさいなあ、謝っただろ。ていうか、俺は何も犯罪になるようなことはしてないじゃん。たまたま目に入ったイラストからイメージを膨《ふく》らませて描いたら問題になるっていうんなら、創作なんて誰もできないだろ？」

「そうですね」

低く割って入ったのはキヨだ。あくまでも穏やかに、落ち着いた口調で続ける。

「人間はすでにあるものからインスピレーションを得て新しいものを作るといいますし、偶然、もしくは無意識下で影響を受けて似たようなものを作ることはあるでしょう。また、他者から学ぶ手段として古くから模写は認められていますし、二次創作もある程度まではグレーゾーンとして扱《あつか》われています」

「だろ？」

我が意を得たりとばかりに返した茅野兄に、キヨがぞくりとするほど冷ややかな目を向けた。

「ただ、あれほど酷似《こくじ》させたものを、わざわざ元ネタを描いた本人に送りつけてくるという行為には違和感があります。何を狙っていたか答えてもらっても？」

「な……、何も狙ってなんかいないけど？」

「そんな言葉を信じろと？　わざわざ二回も新しくアカウントを作って、別名で、イラストのタッチまで変えて送りつけておいて、何の意図もなかったなどと言われたところであなたの行動の異常さに困惑するばかりですが」

「い、異常だと……っ」

「異常じゃないですか。本来トレースされることなど想定していない、デスクの上にあったラフを一枚ずつ拡大して、向きやバランスや縮尺《しゅくしゃく》を調整して元イラストのイメージを再現し、それらを組み合わせてデザインしてイラスト化して彩色する、これだけでオリジナルを描くよりも相当な手間がかかるのは明らかです。しかも、そこまでして描いたイラストはオリジナルとして世に出せない。何のために描いたんですか」

「……自分のためだよ。趣味で描いただけだが、それでも悪いのか」

「残念ながら、その言葉も信じられません。自分のために他人のアイデアを借りて絵を描くこと自体は罪《つみ》になりませんが、それを公表したらアウトですね。そして、あなたはフォロワー数の多いオルトに誰にでも見える形でイラストを送りつけることによって公表した」

「……うっかりしたんだよ。せっかく描いたから送ってみただけで」

「ダウトです。二度、新しいアカウントを作って送りつける行為に『うっかり』などという言葉はふさわしくありません。計画的にやってますよね」

淡々とした口調で指摘する男に不安を覚えたように茅野兄がじりっと一歩さがる。代わりにゆったりとした大きな一歩でキヨが距離を詰めた。

戸惑いもあらわに目を上げた茅野兄は、街灯の明かりの輪に入ったキヨの静かな怒りを湛《たた》えた表情をようやくはっきり認識したようだ。余裕ぶっていた態度が急にそわそわと落ち着かなくなる。

「け、計画的だったら、どうだっていうんだよ」

「問題点をご自分でもわかっているくせに、あえて指摘してほしいんですか」

「な……っ」

「わかってますよね？　専門学校のカリキュラムを調べてみたらきちんと講義に組み込まれていましたし、講師をしている人が著作権やアイデアの盗用について理解していないとしたらそれこそ大問題です。たとえ描きかけであったとしても、仕上がりの予測がつく状態まで描きこまれているラフをベースに二次創作をしたら罪に問えます。二次創作に関して最近出た裁判所の判断でも『設定』の二次利用は許容されても『表現』はアウトでしたよね。今回のようなケースなら訴《うった》えれば確実に原告が勝ちますし、賠償金《ばいしょうきん》の請求もできます」

「…………」

「それなのにオルト宛《あ》てにあのイラストを送りつけてきたのは、『せっかく描いたから見てほしい』という自己顕示欲《けんじよく》とは別の狙いがあったんでしょう？　新規アカウントで別人を装ったのも、自分のしていることがクリエイターとしてアウトだとわかっていたからですよね」

茅野兄は無言を貫《つらぬ》くけれど、かまわずキヨは続けた。あくまでも静かに、丁寧な口調で。

「では、最初の質問に戻りましょう。あなたの狙いは何だったんでしょう？」

問いの形をとりながらも答えを確信している様子のキヨに、しばらく逡巡《しゅんじゅん》するように黙っていた茅野兄がとうとう口を開く。

「……いやがらせだよ。オルトへの」

「！」

キヨの言っていたとおりだった。でも、安里には理解も納得もできない。

邪魔しないつもりだったのに思わず質問してしまった。

「あの……、どのへんがいやがらせでした？」

「はあ⁉」

さっきまでのシリアス顔を茅野兄が崩壊させる。

「未完成だったにしろ、使う予定のアイデアラフを仕上げたイラストを先に出されたら困るだろ？　またゼロから考え直さないといけないんだから」

「ああ……、たしかに。今回は締切まで時間があったからよかったけど、なかったら本当に困るところでした。あと、いい感じに描けそうだなーって思ってたペンギンのキャラクターを使えなくなったのも残念だったけど、最終的にもっといいキャラができたので結果オーライになりました」

依頼主にも喜んでもらえてほっとした、と報告する安里に茅野兄が顔をゆがめる。

「……からかってんの？」

「え、からかってなんか……」

「じゃあなんだよ、オルトは天才だからいくらでも描けるって⁉　余裕ぶりやがって」

吐き捨てた茅野兄に驚いて、ぶんぶんかぶりを振る。そんなふうに受け止められるとは思わなかった。

よもやこんなところでメンタルエイリアンっぷりを発揮《はっき》してしまうとは。もう黙っていようと心の中でお口にチャックをしっかりしめたところで、キヨが広い背中に安里をかばって茅野兄の憎々《にくにく》しげな視線を遮《さえぎ》った。

「いやがらせをした自覚があるんなら逆ギレはやめてください。……でも、いまの発言であなたがしたことの動機に確信がもてました」

「……なんだと？」

「どうしてオルトにいやがらせをしたかったんですか」

相手には答えずに、質問でキヨが返す。長身の陰からうかがい見えた茅野兄は、ふいと視線をそらしてそっけなく呟いた。

「理由なんてない。気に入らなかっただけだ」

「でも、もともとは本当にファンだったのでは？　妹さんから聞きましたが、あなたはオルトがネットで活動を始めたころから知っていて、『ニース絵日記』は初版、部屋にアクリルボードやグッズもあったそうですね。……捨てたのはここ最近、とのことですが」

「飽《あ》きたんだよ」

「妹さんがオルトの仕事部屋を訪ねたのと同じころに？　それはまた興味深いですね」

「……何が言いたい？」

そらしていた視線をじろりと茅野兄が戻す。でも、体は逃げたそうにキヨに対して斜めだ。

そんな彼のほうにキヨがさらに一歩詰めた。

「妹さんがSNSにアップした写真であなたは何かを見た。トレースしたペンギンのラフじゃなくて、オルトに対して苛立《いらだ》ちを感じるようなものを。……それが何か当ててみましょうか」

にこりと笑っての発言に茅野兄が眉をひそめ、安里は目を丸くする。

仕事部屋に見知らぬ他人を不快にするようなものがあっただろうか。雑然としていてもロッキングチェア以外は仕事に関するものしか置いていないはずだけれど……と、様子を思い浮かべている間に、キヨが答えを明かした。

「あなたが講師をしている専門学校特製の教科書、ですよね」

「へ」

うっかり間の抜けた声が出てしまったけれど、さいわい茅野兄のところまでは聞こえなかったようだ。眉根を寄せたまま茅野兄が切り返す。

「……なんで俺が、そんなものでオルトに苛立たないといけないんだよ」

「なんでかはあなたがいちばんわかっていると思いますが？　先生」

なにやら意味ありげな調子で「先生」と呼びかけられた茅野兄は、唇を引き結んで黙りこんだ。キヨが薄く笑う。

「わかっていても言いたくないようですので、俺から指摘させてもらいますね。あなたは、オルトの仕事部屋の本棚にある教科書を見てオルトが教えてもいない教え子であることに気づいたんですよね。そのことがあなたのプライドを傷つけ、オルトの仕事を邪魔してやりたい気分にさせた」

確信に満ちた口調で述べられた内容に安里は戸惑う。

（教えてもいない教え子……？）

矛盾《むじゅん》したフレーズに首をかしげながら改めて茅野兄に目をやった安里は、数拍おいてはっとした。

「アニメーション基礎担当の先生？」

ぎくりと茅野兄が表情をこわばらせる。やっぱりそうだ。

うっかりすっかりさっぱり忘れていたけれど、彼は安里がかつて二日しか行けなかった専門学校の先生だ。四年も前、しかも初回の自己紹介とカリキュラム説明程度の授業を受けただけだし、教室ではスーツ姿だったから、印象が全然違っていて気づかなかった。

観念するかと思いきや、茅野兄は粘った。顔をそむけて、呟くように反論する。

「本棚にうちで使ってる教科書があったからって、なんだっていうんだよ。そんなもの、うちの卒業生なら誰でも持ってる。オルトもOBのひとりだったんだって思うだけだろ」

「そんなわけないですよね。オルトが持っていた教科書がちょうど刷新《さっしん》されたばかりだったというのは確認済みです。あの教科書を持っている卒業生は人数が限られているうえ、本来ならあなたの授業を受けていないとおかしい。そして、講師であるあなたは教え子たちのイラストに見覚えがあるはずですし、絵の特徴《とくちょう》からオルトが卒業生の誰なのかまで判断できる……と考えるのは買いかぶりすぎですか？　ちなみにオルトはあなたが別人のふりをしたアノニ〼とノーネームのイラストを見て『同じ人が描いた』と当てましたよ」

「……っ、俺だって同一人物が描いていたらわかる！　馬鹿にするな！」

カッとしたように対抗した茅野兄にキヨがにっこりする。

「ですよね。だからこそあなたはオルトは教え子じゃないと気づいた。そのあと、専門学校の特製教科書をどうしてオルトが持っているか考えたはずです。可能性はふたつある。ひとつは知人から譲《ゆず》り受《う》けたケース。もうひとつは、入学直後にドロップアウトしたケース。後者に心当たりがあったあなたは、妹さんにオルトの本名を聞いたんですよね」

「聞かれました」

茅野兄よりも先に妹が証言した。彼女が続ける。

「オルトさんは本名を公開してないですし、個人情報ですからもちろんフルネームは明かさなかったんですけど、兄もオルトさんのファンだと思っていたので……キヨさんが呼んでる、『アサト』さんっていう下のお名前だけは教えちゃったんです」

ごめんなさい、と萌音がうなだれる。

アサトという名前だけでも茅野兄には十分だった。過去の入学者名簿をチェックしたら、フルネームが簡単にわかる。――「折原《おりはら》安里」からオリト、さらにオルトという名前を連想できたら、疑惑はほぼ確信に変わった。

素性《すじょう》を明かしていないからこそ、オルトがどんな人物かを想像するのは個人の自由だ。茅野兄も自分なりのオルトのイメージをもっていた。それは、少なくとも彼よりも年上で、絵の道で成功するのにふさわしい経歴をもっている、癒《い》やし系の女性であるべきだった。

しかし実際のオルトは専門学校に二日通っただけの素人《しろうと》同然の年下の男だったのである。

その事実を茅野兄は受け入れることができなかった。

それまでは少し気になる部分があっても「作業時間が足りなかったのかもしれないな」と好意的に見ていたオルトのイラストの粗《あら》が目につくようになり、「どうしてこの程度のものが人気があるのか」と過去にオルトの絵を好んでいた自分を棚《たな》に上げて馬鹿にするようになった。

アクリルボードやグッズを捨てたのもそのころだ。

絵というものは正確なデッサンやテクニックだけで魅力が生まれるわけじゃない。もちろん基礎ができていてこそ自在な表現が可能になるけれど、技術的に完璧《かんぺき》じゃなくても魅力的な作品はいくらでもあるし、究極的には見る人の感性次第――要するに「好きか嫌いか」だけだ。特に美術作品じゃないイラストは。

茅野兄だってそのことはわかっていた。だからこそオルトの作品を好んでいたのに、オルトが何者かを知ったら急に受け入れられなくなった。

妹が庇《かば》ってくれることなく、敵に有利になる証言をしたことで茅野兄はとうとう開き直った。逃げかけていた体を正面に戻し、キヨの背後にいる安里に声を投げてくる。

「そもそも、売れてるっていってもオルトは大したもの描いてないよな？『ニース絵日記』なんてどうしてあんなに売れてるのかわかんないくらい中身がないし、あの程度のイラストならうちの学生にだって描ける。キャラデザや装丁のイラストもありがちで特にうまいってわけじゃない。技術的にも無難《ぶなん》に仕上げてるだけで特筆すべき点はないし、もっと勉強もしないとプロ失格だと思うけど？」

「そうなんだよねえ……」

茅野兄の声が途切れるのと同時に深刻な表情で頷いた安里に、その場にいる全員がぽかんとした顔を向けた。しかし安里は気づかない。

「本当に、僕もなんでこんなに認めてもらえているのかわからないんだよね。もちろんイラストや漫画を好きって言ってもらえるのはめちゃくちゃうれしいし、お仕事をもらえるのは本当

にありがたいから、ひとつずつベストを尽くして描いてるんだけど、もっと勉強しなきゃって
いうのは毎日思ってる。でも、締切に追われてるとなかなか時間が取れなくて……。あっ、専門学校の教科書、わかりやすくてすごく参考になってます！　パースの取り方とかほぼあれで学びました」

「あ、ああ……、それ、俺が担当したとこ……」

「そうなんですか!?　やっぱり学校行きたかったなあ……。ひとりで勉強するより教えてもらったほうがわかりやすいし……」

スケジュールに余裕が出てきたらもう一回専門学校に通おうかなあ、とひとりごちる安里に茅野兄がおかしなものでも見るような目を向けてくる。

「……からかってんの？」

「え、まさか」

二回目の「からかってんの？」がきたけれど、安里は毎回本気だ。どうしてからかっていると思われてしまうのかが謎《なぞ》で眉根が寄ってしまう。

ふっとキヨが笑った。

「要するに、あなたとオルトの違いはここにあるってことでしょうね」

「……は」

「才能がある人はきっとたくさんいるでしょう。世に出て人気が出るのは半分以上運だといい

ますよね。時代にマッチしたとか、著名人《ちょめいじん》がファンになってくれたとか、プロデュース能力が高い人の協力がもらえたとか。才能を磨《みが》くことは各自でできても、運に関しては本人の努力だけではどうにもできない。ただ、せっかくの運に逃げられる性格というのはたしかにあると思うんですよ。……あなたみたいに」

キヨの眼差《まなざ》しを受けて、茅野兄が不快げに顔をしかめる。

「どういう意味だよ」

「ご自分のしてきたことを振り返ればわかりますよね？　あなたがオルトの正体を知るなり手のひらを返したのは、プライドを傷つけられたからだ。専門的な知識をろくに学んでもいない素人もどきより自分のほうが優《すぐ》れていると思えばこそ、評価されているオルトを許せなくなった。オルトの仕事の邪魔をして、なおかつ自分のほうがうまく描けるというのをアピールするためにアイデアを盗用したイラストを送りつけるようになった。でもそれ、ただの嫉妬《しっと》ですよね」

「ち、違う」

「違わないと思いますが、逆恨《さかうら》みと言い換えましょうか？」

「違う、違うっ」

わめく茅野兄の声が聞こえないかのようにキヨは淡々と続ける。

「認めるかどうかはこの際どうでもいいんで、少し考えてみてください。頑張っている人の努力を想像もせずにただ成功をうらやんで、『嫌がらせ』だとわかっていて活動の邪魔するような人に運が巡《めぐ》ってくると思います？　どうせならその時間を使って勉強するなり、人脈を育てるなり、オリジナル作品のひとつでも仕上げるなりしたほうがよっぽど有意義だと思いませんか。そうしようとは考えもしなかったんですか」

「うるさいっ、うるさいうるさい……ッ」

聞きたくないことを遮るように叫んだ茅野兄が突然キヨに殴《なぐ》りかかった。——それを安里は、彼の背中に庇われたまま見た。

安里を守るために、キヨは向かってくる男を避けなかったのだ。

逆上した茅野兄の拳《こぶし》には見た目の華奢《きゃしゃ》さからは想像もできないほど力が乗っていたのか、にぶい音が響くのと同時に大柄なキヨが右側に大きくよろめいて膝をつく。顔を覆《おお》ってうずくまったまま、なかなか立ち上がらない。

「キヨ……!?」

「そ、そんな強く当たんなかっただろ……」

駆け寄る安里とは反対に、茅野兄は青い顔で後ずさる。

普通なら素人に殴られたからといって大怪我にはならない。けれども、当たった角度が悪ければ脳震盪《のうしんとう》を起こすし、衝撃《しょうげき》がたまたま一点に集まったら骨折だってする。そうじゃなくても舌を噛んであふれた血で窒息《ちっそく》することだってあるのだ。

以前テレビで見たそれらの映像が、大きな体を折りたたんで動かなくなったキヨに重なった。

「キヨ、キヨ……っ」

呼ぶ声に涙が混じると、片手で覆って膝に伏せていた顔をキヨが少しだけ上げた。安心させるように小さく微笑む。

「大丈夫です。……ちゃんと撮れた、茅野？」

「はい。ばっちりです」

はっとして、いつの間にか存在感を消していた萌音を探す。

声のしたほうに目をやってもすぐには見つけられなかったけれど、街灯の明かりからはずれた位置で、夜陰にまぎれて彼女はスマホをかまえていた。

キヨが安里に手を貸してくれながら立ち上がる。……全然痛そうでもつらそうでもない。

ぽかんとしていたら、同じく唖然《あぜん》としている茅野兄に向かってキヨが言った。

「いまのは暴行罪の現行犯ですね」

「は……」

「ちなみにあなたがオルトにしていたラフアイデアの盗用は著作権の侵害にあたりますし、陰ながら行っていたネット上での誹謗《ひぼう》中傷行為には名誉毀損《きそん》罪が適用されます」

「な、なに言って……」

「バレてないと思っていたのかもしれませんが、調べはついています。じつは俺がオルトのS

NSの管理を任されているので、もしもに備えてオルトの誹謗中傷アカはIPアドレスをまめに請求するようにしているんですよね。アノニ〼がイラストを送りつけてきたのと同じくらいにオルトを中傷し始めたアカ、あれもあなたですよね」

「……っ」

「ちなみに投稿内容や手許のデータを消したら問題ないと思っている人もいますが、サーバーには残っていますし罪は消えません。いま、あなたはもともとのふたつの罪に加えて罪を重ねてくれたうえに、訴えるのに十分な証拠まで動画で俺たちにくれたわけです。……てことで、これまでの落とし前をつけていただきましょうか」

ぐっと低くなった声で不穏な単語を口にしたキヨがにっこりする。茅野兄は顔色を失《な》くしながらも懸命の抵抗を試みた。

「さ……っ、さっきの、まともに当たってないだろ？　わざと当たったふりを……っ」

「いいえ？　当たりましたよ。音もしたでしょう」

「う、嘘だ！　音だって、どうせスマホのSEか何か使ったんだろう……っ」

「往生際が悪いですね」

苦笑して流すキヨを相手にしても分が悪いと思ったのか、茅野兄が妹を振り返った。

「萌音……っ、おまえ、俺が犯罪者扱いされてもいいのか⁉」

「うん。仕方ないよね、お兄ちゃんがしたことは正真正銘《しょうしんしょうめい》犯罪だもん」

「な……っ」

「ていうか悪あがきはもうやめてよ。見てられない」

嘆息した萌音が悲しげな目を兄に向ける。

「わたし、オルトさんの大ファンだけどお兄ちゃんの絵も大好きなんだよ。アノニ◪のキャラクターも盗作じゃなかったらグッズが欲しいくらいだった。……それで気づいたんだよ、もしかしたらお兄ちゃんが犯人かもしれないって。だから、キヨさんと罠を張ったの。わたしが迂《う》闊《かつ》だったせいで迷惑をかけたオルトさんへの申し訳なさもあったけど、それ以上にお兄ちゃんのイラストのファンとして放っておけなかった」

「……おまえはオルトのファンだろ」

「そうだけど、お兄ちゃんのイラストのファンでもあるんだよ。昔、サインだってくれたじゃん。あれ、いまもちゃんと持ってるんだからね」

それまでほとんど感情のこもっていなかった萌音の声が、最後のほうで少し湿った。はっとした茅野兄が名状しがたい表情を浮かべて視線を落とす。

「……捨てろよ、そんなもん。俺はおまえほど頭の出来がよくなくて、絵を描くことくらいしか自慢できるようなとこはなかったのに……、結局、持って生まれた才能と運のあるやつには勝てないんだよ。美大で自分は凡人の側だって思い知ったはずなのに、高卒同然のオルトがあれだけ売れてんのを知ったら嫉妬してあんな真似をしたし……」

そこまで言って、何かが吹っ切れたかのように大きく息をつく。顔を上げた茅野兄がどこか泣きそうな顔で笑った。

「そうだよ、おまえたちが指摘したように俺はもう犯罪者だ。救いようがないよな」

「わかっているなら、まだ救いようはありますよ」

自嘲的《じちょうてき》な彼に応《こた》えたのはキヨだ。にこりと笑って告げる。

「正直、全然反省していないようなら暴行罪も含めてがっつり裁判沙汰《ざた》にしてやるつもりでしたが、あなたが自分のしたことを犯罪だと認めて、再犯の危険性がないようなら今回は見逃してあげることについて考えてみてもいいです」

「え……」

「それで、どうですか？　オルトへのいやがらせを認めたうえで、今後はオルトの不利益になるような真似を一切しないと誓《ちか》えますか」

「も、もちろん……っ、二度としない！」

約束さえすれば無罪放免《ほうめん》だ、と理解した茅野兄が何度も頷く。その様子もしっかりスマホで撮影《さつえい》した萌音を確認して、キヨが頷いた。

「約束ですよ？　……では安里さん、彼の処遇《しょぐう》を決めましょう」

「え」

突然話をふられた安里は大きく目を瞬《しばたた》く。茅野兄も同様にきょとんとした。

「み、見逃すって……」

「それは俺の気持ちの問題です。ちなみに見逃すとは言っていないので、このあともあなたの態度次第で考えが変わるかもしれません」

「な……」

啞然としている茅野兄から安里に視線を移して、キヨが聞いてくる。

「それで、安里さんは彼をどうしたいですか？　被害を受けたのは安里さんですし、法に触れない範囲で報復したいなら全力で手伝います」

穏やかな声でとんでもないことを言うキヨに、ひっと茅野兄は顔をこわばらせて逃げ出したそうにした。それでも、さっきの「このあとの態度次第で考えが変わるかも」がストッパーになっているのかその場に留まる。

どうしたいか、と問われても特に思いつかなかった。

ラフのアイデアを盗用されたのには驚いたし、新しくキャラクターを考え直さないといけなくて大変だったけれど、よりよいキャラクターが描けたから安里としては「もういいや」という気分になっている。

SNSでの誹謗中傷もキヨがさっき指摘するまで全然知らなかった。知らなかったら腹の立てようもないし、大きなダメージを受けるのをわかっていてわざわざ調べて知ろうとも思わない。さすがに聖人じゃないから誹謗中傷をしている人たちは好きになれないけれど、言葉は身の文《あや》、その人の品格を表すものだ。自らの言葉は自分がいちばん最初に受け取るから、悪口を言う人は自分に悪意を浴びせて不幸になるだけだと安里は祖母に教えられている。

キヨに殴りかかったのは許せないけれど、いつになく煽《あお》るような言い方をしていたことといい、萌音が撮影していたことといい、あれは間違いなく茅野兄もキヨたちの手のひらで踊らされただけだ。

もともと安里は喜怒哀楽《きどあいらく》のうち「怒」が極端に少なく、往々にして「哀」に変換されてしまう。「なんでだよ！」と怒るのではなく、「なんでかなあ」と悲しくなってしまうのだ。

そんな安里が「報復」したいという気になるはずもなく、考えた末に出てきたのは、やはり怒りを含まない条件だった。

「僕だけじゃなくて、誰のアイデアだったとしても二度と盗用をしないこと、悪意ある発言で誰かを貶《おとし》めないこと、このふたつをまずは約束してもらえますか」

「……もちろん」

「まずは」に警戒している様子で茅野兄が頷く。同意にほっとして、安里はふたつめを口にした。

「これは『お願い』なんですけど、よかったらときどき僕の先生になってくれませんか」

「「は」」

茅野兄妹とキヨの声が綺麗にそろった。

どうやら変なことを言ったらしい、と反応から察したものの、自分なりに考えた結果のお願いなのだ。急いで言葉を足す。

「お兄さんに指摘されたとおり、僕はまだまだ勉強不足で知識も技術も足りてません。でも学校に通う時間がないので、ネット動画や専門学校の教科書を参考に独学でなんとかやってきたんです。だけど、それだと必要な技術の説明を探すのにどうしても時間がかかるし、その場で質問したり違う角度から見たりとかができないので……ほかのことならキヨに聞けばなんでも教えてもらえるんですけど、絵については専門外ってことでさすがに無理なので、お兄さんに先生になってもらえたら助かるなあって思ったんですけど……」

自分なりに一生懸命説明をしたのだけれど、茅野兄妹の困惑の表情は晴れない。唯一、キヨだけが噴き出した。

「安里さんだなあ」

「え、え?」

安里ですけど、と目を瞬いている間に、キヨの言葉でなにやら納得したらしい萌音が小さく笑った。

「なるほど、ニースちゃんだと思えば理解できました」

「ああ……、なるほどニースね……」

茅野兄も納得顔だ。

ニースニースと連呼された安里は困惑してしまうけれど、『ニース絵日記』のロップイヤーうさぎの主人公・ニースは、ファンの間では癒《い》やしのド天然という認識だ。ちなみに安里本人はいつも真面目《まじめ》に描いている。

「そっか、ニースか……」

しみじみと呟いた茅野兄が安里に向き直った。じっと見つめられる。

「……？」

今夜、この公園にきて茅野兄が安里をしっかり見たのはこれが初めてだ。前半はキヨの体の陰に半ば隠れていたし、キヨが倒れたあとはお互いに動揺していた。

よく見ると妹の萌音とちょっと似ているところもあるな……と思いながら見返していたら、視線が合った茅野兄が大きく目を見開き、顔が赤くなったように見えた。でも、夜だからよくわからないし、赤面する理由もないからきっと見間違いだろう。

そんなことを思っている安里の横で、ぴくりと眉を上げたキヨが無言で自分の背中に隠れてという手ぶりをする。

素直に従おうとしたら、それを止めるように茅野兄が一歩踏み出し、さっきまでとは違う神妙な表情で深く頭を下げた。

「オルトさん、すみませんでした」

「へ」

「いやがらせしたのも、さっき嫌なこと言ったのも、このとおりお詫《わ》びします。たしかに技術的な部分で『俺ならこうする』って思うところはときどきあるけど、それはあくまでそうしたほうが俺好みになるってだけで、オルトさんはやっぱりプロです。うまいし、年々うまくなってるし、オルトさんだけの世界をもっています。俺が言うのもなんだけど、自信もっていいです」

「は、はい……、ありがとうございます」

表情ばかりか言葉遣い、発言内容まで変わったことにびっくりしながらもお礼を言うと、体を起こした茅野兄が真剣な表情で続ける。

「オルトさんが技術も知識も足りないって思ってるのは、もっとうまくなりたいって向上心の表れだよね。それだけ売れてて、人気があるのに、慢心しないで努力するのを当たり前って思えるのはそれ自体がもう才能だし、あんなことをした俺なんかに先生になってくれって言えるのもすごい。凡人とは違うのがよくわかった」

「いや、そんな……」

褒《ほ》められすぎておろおろしてしまう。戸惑う安里に茅野兄がにこっと爽《さわ》やかな笑みを見せた。

「俺でよければなんでも聞いて。プロに先生って呼ばれるのは落ち着かないからポジションとしては相談相手って感じだけど……、図々《ずうずう》しいことをいうなら友達でもいいし」

「あ……、はい。じゃあ友達で」

頷くなり茅野兄がガッツポーズをして、萌音が「お兄ちゃんほんとに図々しすぎ！」と非難し、キヨが安里の前にずいと出てきた。長身で茅野兄の姿が完全に遮断《しゃだん》される。

「キ、キヨ？」

「……すみません、つい」

肩ごしに謝りながらもキヨは移動しない。

茅野兄の敵意はなくなったようだし、もう守ってもらわなくても大丈夫そうなのに……と戸惑っている安里を背中に隠したまま、キヨが茅野兄に告げる。

「今後は同じような愚行《ぐこう》は犯さないとのことですし、被害者本人が謝罪を受け入れたので今回は示談にしますが、念のためにあとでいくつかの書類にサインしてもらいます。また、先ほどの映像を消す時期は俺の判断に任せてもらいます。いいですね？」

「ああ、それでいい」

これまでが嘘のようにすんなり茅野兄が同意する。

「俺がまた何かやらかしたら今度こそ報復するってことだろうけど、もうニースを……いや、オルトさんを困らせる気はないよ。友達だしな」

はにかんだ口調で最後を付け加えた茅野兄に、キヨが顔をしかめて胡乱《うろん》な目を向ける。

「俺は認めてませんので」

「……は？」

茅野兄が「なんでおまえに認められなきゃいけないんだよ」と剣呑《けんのん》な雰囲気を出すのに、それを凌駕《りょうが》する不穏な圧力を笑顔に湛《たた》えてキヨが重ねた。

「申し訳ないですけど、アイデアの盗用なんていうクリエイターとして許されないことを、犯罪だと自覚したうえでやっていたあなたを俺はまだ信用できません。この感覚は常識的ですよね？　異論はありますか」

「……いや」

「で、俺は以前からオルトのマネージャーみたいなこともやっています。純粋かつ繊細《せんさい》なオルトを守るためなので、俺があなたを警戒するのは理に適《かな》ってる。ご理解いただけますか」

「まあ……」

「では、今後もしオルトとやりとりをするなら必ず俺を介するか、俺が同席しているときだけにしてください。それ以外は認めません。何かあってからでは遅いので」

きっぱり言いきったキヨに茅野兄はしぶしぶといった様子で頷く。

「わかった。ふわふわニースだもんな……」

「過保護に見えるけど、それくらいしないとオルトさんすぐ騙《だま》されそうですもんね……」

萌音までそんなことを言う。

否定できずにいる安里をキヨが振り返り、確認した。

「安里さんも、俺がいるときだけってことでいいよね？」

「う、うん。よろしく」

頷くと、その場で萌音の撮っていた動画をキヨがもらい、各種書類は後日送るということにして今夜は解散する流れになった。

ちなみに茅野兄が安里に話しかけようとするたびに「俺を通してください」とキヨが芸能人のマネージャーみたいな厳しさで遮断していたから、一応「友達」になったのに連絡先の交換もしないままの帰路だ。まあ、キヨがいるときにしかやりとりしないなら必要ないからいいけど。

帰宅後、まずはいつものルーティンをした。手洗い・うがいをしてからのハグだ。

「ただいま、おかえり」

「おかえり、ただいま」

今夜は一緒に出かけていたからまとめて言い交わして、ふふっと笑って無事に帰ってきたのを確認して喜ぶためのハグをする。

大きくて頼もしい、しっかりと厚みのある体のぬくもりに包まれると、安堵の深い息が漏れた。直後、体の内側から震えが広がる。さっきまで笑っていた口をきゅっと結んだら、目の奥が急に熱くなった。

（あ……どうしよう、なんか、泣きそう……）

自分をごまかしたくてぐりぐりと硬い胸に頭を押しつける。と、察しのいい恋人がそっと髪を撫でながら謝った。

「公園で、怖い思いさせてごめんね……？」

かぶりを振るけど、やっぱり頷く。

殴られたふりをしたのはわざとで、それは万が一に備えてのこと——最終的には安里のためだというのはわかっている。

でも、この長身が折りたたまれ、立ち上がらなかったときは本当に血の気が引いた。本当に本当に怖かった。

安全圏《けん》である家に帰ってきたことで、彼の身の無事を実感したことで、押し込めていた恐怖や不安が一気に噴き出してしまったようだ。ぼろぼろと涙が出る。

「あああ、泣かないで安里さん、無事だから。ちょっとかすっただけだから、ね？」

おろおろと背中を撫でてくれるキヨを、勝手に出てくる涙をなんとか抑えようとしながら安里は見上げる。

「……ほんとに大丈夫？　どこも痛くない？」

「うん、大丈夫だよ。ほら見て、腫《は》れてもいないでしょ」

ぐしぐしと涙を拭《ぬぐ》ってから安里は端整な顔を改めて見上げる。

シャープなラインの頰は左右対称、唇の端も切れていないし、色が変わっている部分もない。殴られた側にそっと触れてみても熱をもってはいなかった。

それでも残る不安に安里は聞く。

「……キスしてもいい？」

「え、う、うん、もちろん」

突然の、しかも安里からは初めての要求に驚きながらも、キヨが長身をかがめてくれる。

そっと唇を重ねた。形のいい唇を舐《な》めてから隙間に舌先を差し入れ、薄く開いたそこからお邪魔して中まで探る。

「ん……よかった、口の中も切れてないね」

ほっとしてキスをほどいたら、キヨが目を瞬いた。

「調べただけ……？　こっちは積極的な安里さんにドキドキして、心臓やばかったのに……」

「え、あ、ごめん……？」

なにやらがっかりさせてしまったようで謝ると、キヨが笑ってかぶりを振る。

「安心してもらえたならいいよ。もう怖いのなくなった？」

「ん……たぶん」

硬い胸に頬をつけると、彼が言うようにドキドキしている鼓動が聞こえてほっとする。生きている音。心臓が血を巡《めぐ》らせている音。

もっと聞きたくて胸に耳を押しつける安里の髪を、キヨがやさしく撫でる。

「たぶんってことは、あとちょっと残ってそうなんだ？　どうしたらなくしてあげられる？」

「……わかんない。僕もいい加減に平気になりたいんだけど、キヨが先にいなくなったらって想像するだけで怖くなる……」

生き物である限り、命には限りがある。長さに違いがあるだけで、必ず終わりはくる。わかっているのに――否《いな》、突然失われることがあるのをわかっているからこそ、安里にとって大事な人を失う不安が消えることはきっとない。

「そんな想像しなくていいよ……って言っても、きっとしちゃうよね。俺にできるのは安里さんより長生きするように努力するくらいだけど、もともと体も丈夫だし、安里さんより年齢も下だし、統計学的に考えると安里さんを置いて行くことなんてないよ？ それに俺、自分で思う以上に独占欲強いみたいだから」

「うん……？」

最後のフレーズの意味がよくわからずに首をかしげて見上げると、悪戯《いたずら》っぽく瞳をきらめかせた彼が低く囁く。

「もしものときは、安里さんのところに化《ば》けて出ちゃうかも。それか一緒に連れて行っちゃうか」

「……ほんとに？ ほんとにそうしてくれる？ 絶対だよ？」

「怖がられるどころか歓迎されるなんて、安里さんってほんとに安里さんだよねえ」

「だって……」

少しとがらせた唇にやさしいキスが落とされた。目を瞬く安里と視線を合わせて、愛《いと》おしげな眼差しでキヨが言う。

「ありがとう、安里さん」

「……？」

「おばけになってもそばにいていい、死ぬときは一緒がいいって言ってくれて」

いまさらのように「普通」の感覚ではないのかも、と思い至って眉を下げると、恋人はやわらかく目を細めてかぶりを振る。

「……もしかして、重い？」

「全然。言ったでしょ、独占欲強いって。安里さんはあっさり受け入れてくれたけど、俺のほうが相当重いよ？」

「そう……？」

安里としてはおばけになってもキヨが近くにいてくれるだけでうれしいし、もしものときに一緒に連れて行ってくれるなら安心だ。消えないはずの「失う不安」を見事に解決してくれたキヨに感謝こそすれ、重いなんて全然思わない。

真顔で言ってのける安里にキヨが笑う。

「安里さんのそういう発想、ほんと大好き」

「う、うん。僕もキヨのこと大好きだよ」

即答に、キヨの眼差しが甘くとけた。くしゃくしゃと髪を撫でられる。

言葉にされなくても、以前はキヨと同じ「好き」かすら自覚できていなかった安里が、ちゃんと言葉の意味も深さもわかったうえで返せるようになったのを喜ばれているのだ。

「キヨ、好きだよ、大好き……ほかの人なんかいらないくらい」

「安里さん……」

何か言いたげな恋人の唇に指を当てて、安里は訴えた。

「キヨは僕の世界が狭《せま》いって心配してくれてるけど、それでもいいって僕は思ってる。どうしても心配なら、ほかの誰を選ぶより幸せになれるようにキヨが僕を愛してくれたらいいよ」

目を瞬いた彼が、ふ、と笑う。

「うん。俺も、そうしたいって言うつもりだった。安里さんのことは絶対に誰にも譲《ゆず》れないってわかったし、俺を選んでよかったって思ってもらえるように、一生大事にするからね」

一生、なんてまだ大学生のキヨには大変な言葉だ。

これから先、キヨのほうがたくさんの人と出会って、多くの経験を積んで、広い世界で生きてゆく。彼の将来を思うなら、身を引くべきかもしれない。

でもそれは、キヨと自分の幸せに対する「逃げ」だ。自分を大事にしてくれる人の想いを大事にできないなら、自分も相手も幸せにできるわけがない。

先のことはわからないけれど、おばけになっても自分のところに来てくれるとまで言ってくれた恋人には、やっぱりずっとそばにいてほしい。

「僕も、キヨに選んでよかったって思ってもらえるようにがんばるね」

真剣に返すと、彼がふわりと笑った。ぎゅうっと抱きしめられる。ちょっと苦しいけれど、それ以上に幸せで笑みがこぼれた。負けじと安里も抱きしめ返す。

鼓動が響きあって、笑う二人の振動が重なりあう。もっと重なりあいたくて顔を上げたら、視線が絡んで引き合うように唇が重なった。

深い口づけで互いを味わい、交わる快楽に溺《おぼ》れる。鼓動が速くなって体温が上がる。

立っていられなくなって大きな体に縋《すが》りつくと、支え直してくれたキヨが密着した安里の腰の状態に気づいて、色っぽく目を細めた。

「安里さんの、可愛いことになってる。……お風呂、入ろうか」

「一緒に……？」

「一緒に」

「ん……、じゃあ入る。それで……、いれ、よう？」

キヨが降らせている軽いキスの雨が一瞬止まった。

「……いいの？　俺もう本当に我慢しないよ？」

「うん。僕もしないから、キヨもしないで」

視線をそらさずに答えると、キヨの瞳がぎらりと光って一気に熱を帯びた。がっぷりと口づけられて、濃厚なキスに酔《よ》わされている間に服を脱がされる。

「キ、キヨ……っ、手際がよすぎるよ……っ？」

気づいたら自分だけパンイチにされてしまった安里が赤くなって訴えると、濡れた唇を色っぽく舐めてキヨが笑う。

「早く安里さんにさわりたいせいだね。あと、イメトレの成果かな」

「イメトレ？」

「安里さんにいろいろする妄想《もうそう》は数えきれないほどしてきたから。『恋人』になってから実践《じっせん》と練習も繰り返しできたおかげで、こんなになってても暴走しないでいられてよかったよ」

「……！」

手を取ったキヨに服の上から彼自身をさわらされて、安里は目を見開く。そこはすでに臨戦態勢、熱をもって太く硬くなっていて窮屈《きゅうくつ》そうだ。

自分ばかりが淫《みだ》らになっている気がしていたから、彼も同じくらい興奮している証拠にほっとした。サイズ的には全然可愛くないそこが可愛く思えてつい撫でると、小さく息を呑んだキヨに手を遠ざけられる。

「それ、いましたら駄目だよ。暴発しそう」

「ほんと……？　僕がさわるの、気持ちいい？」

自分も彼を気持ちよくしてあげられるのがうれしくてまた手を伸ばそうとすると、苦笑したキヨに捕まえられた。

「いいよ。だから駄目。初めてなのに、ひどくされたくないでしょう?」

「キヨなら、いいよ。いっぱい練習したからお尻でも気持ちよくなれるようになったし……」

「がんばってくれたもんねえ」

よしよしと髪を撫でながらも、恋人は安里の愛撫を一時棄却《ききゃく》する。

「でも俺がひどくしたくないから駄目です。とりあえず、もう少し余裕をもてるようになってからお願いします」

敬語のときは真剣なのを知っているから、安里は素直に頷いた。

「二回目からはいい?」

「もちろん。安里さんが俺にさわりたいって思ってくれるの、すごいうれしい」

「うん、いっぱいさわりたい……から、キヨも、早く脱いで?」

広い背中に回している手でシャツを引っぱると、ふふ、と笑ったキヨが潔《いさぎよ》く服を脱いでゆく。

これまでは寝ぼけていたり、場所が間接照明の寝室だったりで、恋人の裸体をしっかり見たことがなかった。初めて明るいところで目にする恋人の体に安里は思わず見とれてしまう。

(格好いいなあ……)

実用的な筋肉に覆われたバランスのいい長身は見事に引き締まっていて彫刻のようだけれど、その美しさに似つかわしくない迫力ある熱塊を備えている。自分のものと同じ器官とは思えないサイズと形状に、こくり、と喉が鳴った。怖いというより、不思議な興奮で。

バスルームに移動して、シャワーが適温になったのを確かめてからキヨが二人の体を濡らした。素肌が吸いつきあうようにさらに密着して、なめらかな摩擦《まさつ》にぞくぞくする。

ボディソープを手にしたキヨに洗いながら愛撫《あいぶ》される。息が乱れて、抑えようもなく漏れる声がバスルームに反響して羞恥《しゅうち》と感度を煽られた。

「キ、キヨ……っ」

「ん……、安里さんも、俺を洗って？」

そんな余裕ない、と答える間もなく深く口づけられて、ぬるぬるにされた体を抱《かか》えたキヨが腰を下ろす。引き締まった腰を自然とまたいで座らされた安里の体を抱きしめたまま、ゆさゆさとキヨが揺らした。体で体を洗ってということかもしれないけれど、とてもじゃないけど洗えない。

「んっ……くふ、ぁん、んぅ……っ」

口内を犯す舌のせいで何も言葉にならず、ひたすらに甘ったるい喉声が漏れてしまう。ぴったり密着した胸から腰がソープのぬめりでなまめかしくこすりあわされているせいだ。互いの張りつめた中心がごりごりと交わり、さらにキヨの引き締まった腹筋の凹凸《おうとつ》に愛撫されて安里の先端から蜜《みつ》が溢《あふ》れる。

「まっ、て……っ、これ、も、出ちゃう……っ」

広い背中に回した手で爪をたてて、なんとかキスをほどいた安里が訴えると、乱れた息をこぼしながらもまだ余裕がありそうなキヨが唇の端にキスを落として囁く。

「俺のこと、さわってくれるんじゃなかった……？」

「だって、キヨが……っ、揺らすから……っ」

「もう揺らしてないよ。安里さんがしてくれてる」

ふふ、と色っぽく笑ったキヨが腰に回していた手を少し浮かせる。それなのに快感が止まらないのは、彼の言葉どおり安里が動いているからだ。

無意識だったせいでかあっと羞恥に全身が熱くなるけれど、絶頂が近いせいで止められない。

「ご、ごめ……っ」

「なんで謝るの？　俺も気持ちいいし、安里さんがめちゃくちゃ可愛くて色っぽくて最高なのに。……お尻、弄《いじ》ってもいい？」

「んっ、ん、して……っ」

潤《うる》んだ瞳でねだると、「可愛い……」と感極まったように呟いたキヨの手がぬるりと双丘《そうきゅう》の間にすべり、状態を確かめるように小さな蕾《つぼみ》を何度か撫でてから、そこにゆっくりと長い指を押しこんだ。ソープのおかげで侵入はなめらかで、違和感もあまりない。むしろ腰からぞくぞくする感覚が広がった。

んん、と小さく鳴いて安里は恋人の首筋に顔をうずめる。

「キヨのゆび、いつもと違う……？」

「ああ……、今日はゴムつけてないから。きつい？」

心配そうな彼の首筋でかぶりを振った。

「逆……。なんか、すごい、気持ちいい……」

乱れた吐息混じりで答えるなり、うぐ、と喉を鳴らしたキヨの二人の体の間に挟《はさ》まれている大きな熱塊が跳ねてびっくりした。彼が熱のこもったため息をつく。

「ああもう、安里さんって俺を煽る天才だよね……。そんなふうに言われたら、ゴム使わずに最後までしたくなっちゃうじゃん」

「い、いいよ。ゴム、しないで？」

「え」

「その、キヨがいやじゃなかったら、だけど……」

「いやなわけない！」

勢いのある即答が返ってきた。珍しいがっつき具合に目を瞬いて見上げると、本当にうれしそうに笑ってキヨがちゅっと口づける。

「ありがとう、安里さん。おなか痛くなったりしないように、ちゃんと後始末もするからね」

「う、うん。よろしく……」

男同士だといろいろあるんだな、と詳《くわ》しいことはわからないまま安里は面倒見のいい恋人に素直に感謝する。

　笑みを湛えたキヨの唇が重なって、口内を愛撫されながら「準備」も兼ねて後ろを弄られた。何日もかけて彼の指を覚えさせられた体は、指を増やされても上手に圧迫感を快楽に変えてしまう。

　ぐちゅぐちゅと抜き差しされ、膝に乗せた体をゆさゆさと揺さぶられて、密着した肌のすべてと体内から与えられる快感が限界まで一気に高まった。我慢する間もなく決壊してしまう。

「んっ、んく……っ、ふっ、うー……っ」

　びくびくと体を震わせて達する間も愛撫はやまなくて、気持ちよすぎて涙が出た。断続的な吐精が終わったら、ようやくキヨがキスをほどいて安里の濡れた唇を舐め、上気した頬を濡らす涙も舐める。

　なんだか食べられているみたい、と肩で息をしながら思っていたら、本当にぱくりと耳を食《は》まれて大きく体が跳ねた。

「キ、キヨ……っ？」

「安里さん、もう一回イける？」

「え、え……っ、なんで？」

「俺の、まだだから」

　言われてみたら、たしかに腹部で感じる恋人の熱はどくどくと脈打っていて存在感たっぷりだ。白分がもう少し我慢できたらたぶん一緒に出せたのだろう、と申し訳なく思って安里はこくりと頷く。

「今度こそキヨの、さわるからね」

決意表明に、ふふっと笑ったキヨが「よろしく」と安里を抱く腕の力をゆるめる。密着していた体の前面に隙間ができるのはちょっと寂しいけれど、さわりやすくなったからさっそく安里は両手で彼のものを包みこんだ。

ん、と息を詰めた恋人の色っぽさ、手のひらに感じる人体とは思えない熱さとその重量感にドキドキする。ぬるぬるしているのはボディソープだけじゃなく、安里が放った蜜とキヨの先走りが混じりあっているせいだ。

「……キヨ、気持ちいい?」

「うん、いいよ……」

はあ、と熱い吐息混じりの色っぽい声が耳朶《じだ》をかすめると、手で愛撫しているだけなのにどうしてかこっちまでぞくぞくしてしまう。

それが体にも表れたようで、キヨが低く笑った。

「安里さん、前も後ろも反応してる……。なか、俺の指に吸いついてるよ。動かしてほしい?」

「う、ん……っ」

普段からキヨの低くて甘い声が好きなのに、たっぷり息を含んでわずかにかすれた声は危険すぎる。魔法にかかったように逆らえなくなる。

キヨの誘導に従って、再び実った自身と彼の剛直《ごうちょく》を手で愛撫し、さらに増やされた指でかき混ぜられながら安里は二度目の絶頂を迎えた。今度はキヨも一緒だ。

一度吐精《とせい》したことで余裕を得た恋人は、安里の体をさらに弄り倒した。

ふかふかのバスタオルにくるまれてベッドルームに運ばれたときには、指先まで快感に浸《ひた》されたようになっていた。もうどこにさわられても気持ちいい。

安里をそっとベッドに下ろしたキヨが、果物でも剝《む》くようにバスタオルを開く。色白の肌が上気してほんのりピンクに染まり、愛撫であちこちを赤く染めて腫《は》らしている姿にごくりと喉仏を上下させた。

「おいしそう……」

思わず漏れたような呟きには情感がこもっていて、鼓膜《こまく》の震えが全身に伝わったかのようにぞくぞくと安里は身を震わせる。

すっかりほとびてひくひくしている蕾に熱の先端をぬるりと宛《あて》がわれると、指とは違う、灼《や》けるような熱さにそこがジンとして熱っぽい息が漏れた。

「入れるね……?」

「ん……、いれて……」

ごく自然に出てきたおねだりの声にキヨが微笑んで、深い口づけをくれる。同時に、蕾にぐうっと強い圧力がかかった。

ずぷり、と体に響くような音と共にたっぷりとした先端が押し入ってきて、衝撃に背がしなる。のけぞったあごから喉へとキスを落としながら、細い腰をしっかり抱いたキヨが荒い息の混じった声で気遣う。

「痛くない……？」

「ん……、だいじょぶ……。熱くて、ジンジンするだけ……」

「もっといれていい？」

「ん……、きて……」

自分から手を伸ばして厚い肩を抱くと、乱れた呼吸を繰り返す唇の端に口づけられる。

「ゆっくりするね。安里さんも息、ゆっくり、深くして」

言われたとおりに深い呼吸を心がけると、キヨは安里の表情を見ながら浅い抜き差しを繰り返して、言葉どおりの速度で侵入を深めてくる。ずちゅ、ぬちゅ、と彼の動きに合わせてあらぬところで淫らな水音が響いて、鼓膜まで犯された。

「あ、ん……っ、はぁ……っん」

「……よかった、安里さん、気持ちよさそう」

「うん……っ、きもち、い……っ」

充血しきった粘膜を太いものでじっくりとこすられると、圧迫感と摩擦感《まさつかん》でかゆいところを掻《か》いてもらえるような快感が生まれる。丁寧に馴染ませながらの抜き差しだからこそ、怖さも痛さもない。

「キヨは……？」

「ん……、俺も、すごい、気持ちいい」

乱れた熱い息、色っぽく寄せられた眉、滴《したた》ってくる汗。そのすべてが彼の言葉が本当だと示していて、自分の体で恋人を気持ちよくしてあげられる喜びに全身がふわりと熱くなった。ますます感度が上がる。

けれどもこの快感は、まだほんの手始めだった。内壁のある一点をぐり、と剛直で押し上げられるなり、安里の口から甘い悲鳴が飛び出す。

「ひぁあッ、キヨ、そこダメ……ッ」

「ん……、ここ？」

「あぁあんっ」

的確に同じところを抉《えぐ》るようにされて、あられもない声があがってしまう。恋人がにっこりした。

「駄目じゃないよね？　ここ、安里さんの好きなところだ」

「だめ、だめっ、すぐイっちゃいそうだから……っ」

「いいよ、好きなだけイって。俺、安里さんにいっぱい気持ちよくなってほしい」

そうはいっても、バスルームでも「準備」の間に何度かイかされているのだ。たぶんまだ出せるものがない気がする。それなのにイってしまった場合、どうなるのだろう。

なんでも知っている恋人に聞いてみたかったけれど、泣きどころへの剛直による愛撫を再開されて甘い声以外あげられなくなってしまった。勃《た》ちきった性器の裏側をごりごりと刺激されて、押し出されるように先端から透明な雫《しずく》が溢《あふ》れる。彼を包みこんでいる粘膜が痙攣《けいれん》しながらうねり始め、目の前がチカチカした。

「ひあっ、あっ、やぁっ、おしり、ヘン……っ」

「ン……、すごい、ね。やばい……っ」

歯を食いしばったキヨが動きを止めて、自分を落ち着かせるように深い呼吸を繰り返す。しかし、急に与えられなくなった快感に安里の体は不満を訴えて、それが口からこぼれた。

「とまっちゃ、やだ……っ」

「え、ちょっ、安里さん……っ」

切羽詰《せっぱつ》まった声で名を呼ぶキヨに全身で抱きつくと、鋭く息を呑んだ彼の腰がぐっと入ってきた。うねる粘膜を振り切った熱塊に一気に奥まで貫《つらぬ》かれる。

目の前で星が散り、びくびくとつま先まで震える。そんな安里の体をきつく抱きしめて奥の奥まで埋めこんだキヨが、逞《たくま》しい体をこわばらせて低くうめいた。熟《う》れきった粘膜を熱いものでたっぷりと濡らされるのも気持ちよくて、蜜を出せないまま安里はさらなる高みへと追いやられる。

ふと気づいたら、キヨが髪を撫でながら心配そうに顔をのぞきこんでいた。目が合うとほっとした顔をして、泣き濡れて上気した頬や、乱れた呼吸を繰り返している唇の端にキスの雨を降らせる。

「ごめん、ゆっくりしてあげたかったのに、できなかった……」

反省しているような口ぶりに、安里はとろとろに濡れた目を瞬く。

「でも、すごかったよ……？　気持ちよかったけど、どこかダメだったの……？」

「駄目じゃないけど、もっとゆっくり安里さんを味わいたかった……」

ぎゅうっと安里を抱きしめたキヨがため息をつくのがなんだか可愛くて、よしよしと汗に湿った黒髪を撫でてしまう。そうして、はたと気づいた。

「……キヨの、まだ、入ってるね」

「あ、ごめん。安里さんのなか、温かくて気持ちいいから、すぐには抜きたくなくて」

ごめんね、と恋人が腰を引こうとするのを安里はまだ力が入らない脚で止める。

「安里さん？」

「……僕も、まだキヨにいてほしい」

照れながらも本心を伝えるなり、達してもなお存在感のあるキヨのものが中でぐぐっと大きくなった。目を丸くする安里にキヨが照れくさそうに苦笑する。

「やっぱり抜くよ。おとなしくしてられないみたいだし」

「……いいよ」

「え」

「今度は、ゆっくり味わったらいいと思うんだけど……」

ドキドキしながら上目遣いで囁くと、うぐ、と喉から変な音を漏らした恋人のものがむくむくと育ってゆくのが感じられた。達したばかりで過敏になっている粘膜を押し広げられる気持ちよさに息を呑みながらも、人体の変化をつぶさに実感して安里は感動してしまう。

「すごいねえ、キヨ。なか、いっぱいになった……！　こんなにキヨが僕のなかに入っちゃうの、ほんとにすごいねえ」

「うん、すごいけど、俺を煽るのがうますぎる安里さんはもう黙ってたほうがいいと思う」

笑ったキヨが唇を重ねてくる。言葉を奪われ、代わりに髪や汗に濡れた素肌を撫でる手、つながったところをゆっくりとかき混ぜてくる熱根、甘い口づけで快楽を与えられる。

再び快感でとけあう動きが始まり、今度は時間をかけてお互いを味わう。

これまでの時間をかけた準備も奏功して、安里は初体験にして出せなくてもイけるというのを身を以《も》って知ったのだった。

{ 7 }

心地よいぬくもりに包まれて眠っていたら、静かにそれが離れてゆくのを感じて安里《あさと》はいやがる声をあげて身を寄せる。吐息《といき》で笑う気配がして、やさしく髪を混ぜられた。

「おはよう、安里さん」

「んん……」

まだ半分以上夢の世界にいても、大好きな低い声はすんなり安里の意識をすくい上げる。

ここは恋人の腕の中、いつの間にか朝だ。

寝乱れたふわふわの髪を丁寧に指先で梳《と》かしながら、キヨが囁く。

「今日は日曜だし、まだ寝ててもいいよ」

「……でも、キヨは……？」

「朝ごはん作ってくる」

「僕も……」

「一緒に作りたいの？」

「ん……」

「でも、ゆうべ無理させちゃったからなあ」

心配そうに呟いた恋人が安里の細い腰を撫でる。さらりとしているのは、いつものように事後にキヨが清めてくれたからだ。

素肌を撫でる大きな手のぬくもり、その気持ちよさが半分寝ぼけていた安里の意識を徐々にはっきりさせてくる。ゆうべのことを思い出したら、ずくんと腰の奥がうずいた。

キヨと完全に恋人になってから数カ月。

恋人の腕の中で目覚めて、ときには一緒に朝食を作ったりもするけれど、それは平日限定だ。休日の安里は自力で立てなくなっていることが多い。

そして今日は日曜日、試してはいないけれどたぶん安里は午後になるまで立てない。

いまさらのように自分の体の様子に意識がいった安里は、あちこちに残るゆうべの名残《なごり》とはうらはらに、記憶が途中から曖昧《あいまい》になっているのを自覚してしまった。

じわじわと顔を熱くしながら恋人の逞《たくま》しい胸に顔をうずめる。

「……僕、また途中で気持ちよすぎてわけわかんなくなっちゃってた……?」

「うん。最後のほうは泣きじゃくりながらえっちなおねだりしてきて、最高に可愛《かわい》かった」

「お、おねだり……」

「詳《くわ》しく聞きたい?」

ぶんぶんとかぶりを振る。何をやらかしたか確認しておきたい気もするけれど、聞くのが怖い気持ちのほうが大きい。

器用なうえに気長な恋人に与えられる快感が濃厚すぎるせいか、安里の体が感じやすいせいか、はたまたその相乗効果なのか、安里はキヨに抱かれると途中から意識が朦朧《もうろう》としてひどく淫《みだ》らになってしまうことがある。

そのうち呆《あき》れられてしまうんじゃないだろうか……なんて心配している安里は、恋人が「普段清純そのものの安里さんが積極的になるギャップが最高」とわざとしていることに気づいていない。

ふふ、と笑ってキヨが安里の額にキスを落とした。

「知りたくなったらいつでも聞いて？　ちゃんと記録してるから」

「記録してるの……⁉」

「もちろん。人の記憶システムはファジー仕様ゆえにすぐ改竄《かいざん》されたり忘れちゃったりするから、大事なことは残しておかないとね」

しかも、データだと一瞬で失われる危険性があるからわざわざ手書きノートに記録しているなんて言う。二人のベッドタイム手書きログだ。書類を大事にする法律家の精神をそんなところで発揮《はっき》しないでほしい。

「ううう、そんなの、誰かに見られたら恥ずか死ぬ……！」

「大丈夫だよ、誰にも見せないし、一部暗号化してるから」

「暗号……？」

「見たい？」

好奇心から頷きかけて、慌ててかぶりを振った。

「い、いまはまだ無理……っ。いつか、心の準備ができたら……」

「そう？　知りたくなったらいつでも聞いてね。黒塗《くろぬ》りとかしないで百パーセント情報開示するから」

健全な開示ぶりだけれど、内容が不健全なのでは……と返事に詰まる。

結局足腰が立たなくなっていた安里はベッドから出られず、恋人が朝食を作りに行っている間にゆうべの疲労から再びうとうとしてしまった。

ふわりと鼻先においしそうな香りがして、んん……と小さくうなりながら薄く目を開けると、いつもより高くなった朝の光の中で朝食のトレイを手にしたキヨが微笑《ほほえ》む。

「改めておはよう、安里さん」

「ん……、おはよ、キヨ」

「起こしていい？」

「うん……、起こして」

両手を伸ばすと、ベッドサイドテーブルにトレイを置いたキヨが抱き起こしてくれる。くたりともたれてくる安里の髪を撫で、ホットタオルで顔を拭《ふ》いてくれ、仕上げに唇に軽いキスをくれる。

数カ月前と同じようで、違うのを実感するのはこんなときだ。

当然のように与えられるモーニングキス。ベッドでの朝食。

あえぎすぎて嗄《か》れた喉に配慮《はいりょ》した朝食はやさしい味わいで滋養たっぷりのミルクリゾットだ。細かく刻んだ野菜とベーコンの出汁《だし》にチーズのコクが食欲をそそる、安里のお気に入り。

自力で座っていられない安里を胸に抱いて、キヨがまずはホットレモネードを渡してくれる。ひとくち飲んで、ほうっと息をついた。

「幸せだなあ……」

「そんな大したことしてあげてないけど？」

怪訝《けげん》そうな恋人を見上げて、安里はふんわり笑う。

「キヨと一緒にいられて、快適な場所で、おいしいごはんが食べられるってだけでも幸せなのに、好きな人に好きでいてもらってるって最高に幸せじゃない？」

「……そうだね。うん、たしかに最高に幸せだ。親公認だしね」

「あ、それ、めちゃくちゃびっくりした」

キヨと正式に恋人同士になって間もなく、彼は安里を母親の冴香《さえか》に「恋人として」改めて紹介した。

安里としてはお世話になった高瀬《たかせ》弁護士への恩を仇《あだ》で返すような申し訳なさがあったのだけれど、キヨに人生のパートナーになってもらうためにも覚悟を決めて挨拶《あいさつ》に臨《のぞ》んだ。

結果、事前にキヨが「大丈夫です、俺が安里さん狙《ねら》いなのはとっくに知ってるので」と言っていたとおり、冴香は落ち着いた態度で……むしろいい笑顔で、「おめでとう！」と祝福してくれたのだ。

もともとリベラル人権派の弁護士で偏見がない彼女は、かなり早い段階で息子の安里への気持ちに気づいていた。

曰《いわ》く、「キヨって子どものころからやたら老成してるっていうか、基本が『凪《なぎ》』なの。人にも物にも深入りしないで俯瞰《ふかん》しがちなのよね。そんな子が『なんか心配で』って毎日のように安里くんのところに通ってたら、そりゃ察するわ」とのこと。

だからこそ同居開始時に「同意が大事」と釘《くぎ》を刺し、あのやりとりでキヨも冴香が察しているのを理解した。

「それにしても思ったよりかかったわねえ。同意を得るようにとは言ったけど、安里くんもキヨのことを憎《にく》からず思ってるようだったし、キヨが成人したら速攻挨拶にくるかと思ってたのに」

片眉を上げての冴香の発言に、キヨが苦笑混じりで返す。

「最初は俺もそのつもりだったけど、安里さんを未成年に手を出す犯罪者にはできないからっていろいろ我慢しているうちに関係が安定しちゃって。手の出しどころがわかんなくなってたんだよね」

「え、そ、そうなの……？」

目を丸くしたのは安里だ。まさかそんな気遣いまで受けていたとは。

ともあれ、法的にも問題なく、大事な人からの反対も受けず、恋人と一緒にいられるのはキヨのおかげだ。

にこにこ見上げていたら、やわらかく笑った彼がくしゃくしゃと髪を撫でてきた。

「安里さん、表情が雄弁だよね」

「なんて言ってた？」

「俺のことが好きだって」

「すごい、当たってる」

目を丸くする安里にキヨが笑い、眼差《まなざ》しが甘くなる。

「俺も安里さんが大好きだよ。『いつもどおり』に慣れてしまわないで、大事なことを思い出させてくれるとこも本当に愛してる」

『好き』よりレベルを上げて返されて、恋人に「大好き」と「愛してる」のどちらを先に伝えようか一瞬迷った安里の唇は、声ごとキスで食べられてしまった。

相変わらずイチャイチャしい…っ!!
末永く爆発しろください!
茅野兄好きです。
あっ…ふふ
ポッ
神経質そうな
オシャレイケメンとは…

afterword:haru yachiyo

恋人暮らしダイアリー
koibitogurashi
diary

ふっと目を覚ましたキヨこと高瀬敦雪《たかせあつきよ》は、腕の中の愛《いと》しいぬくもりに唇をほころばせて恋人に目を向け――小さく息を吞《の》んだ。

いつもは眠り姫のように熟睡《じゅくすい》している恋人の折原安里《おりはらあさと》に、大きな瞳でじっと見つめられていたからだ。

「お、おはよ、キヨ」

「おはよう安里さん」

「キヨ、寝てても格好いいねえ」

にこにこしている恋人はいつになく寝起きがいい。――いや、これは。

「もしかして、あんまり寝れてない？」

「ん……、なんか、わくわくしちゃって」

よく見たら目が少し赤くなっていて、うっすらクマもできている。それでも幸せそうに笑う恋人の愛らしさに「くっ」と声が漏れそうになった。「可愛《かわい》い」の罪《つみ》があれば安里は確実に無期懲役《ちょうえき》だ。

知り合って五年目、同居して三年目、正式に付き合ってもうすぐ半年。

これまでも安里が興味をもった展覧会や買い物に一緒に行ってはいたものの、仕事や用事から完全に離れた「デート」はしたことがなかった。

誘いたいなと思いながらも暑さに弱い安里を気遣《きづか》っているうちに夏がすぎ、気づけば十月。

このままだといつまでも初デートのタイミングが掴めないと悟ったキヨは、記念日もきっかけも自分で作ればいいという精神でデートを申し込んだ。行き先は定番、遊園地だ。

「キヨと僕がデート……！」と目を丸くしたあと、うれしそうに頬を染めて「よろしくお願いします！」と言った安里は最高に可愛かった。それが、よく眠れないくらい楽しみにしてくれているなんて可愛いの記録更新だ。ちなみに安里の可愛い記録は常《つね》に最高タイである。

寝乱れたふわふわの髪を指で梳《す》いていたら、すり、と胸に頬をすり寄せてきた。もしかして……とキヨは撫《な》でる手を止める。

「いまさら眠くなってきた？」

「うん……、キヨの手、気持ちいいから……。やっぱりゆうべ、してもらってたらよかったな。そしたらぐっすり眠れてたのに」

素直すぎる弊害《へいがい》でさらりととんでもない爆弾発言をする恋人だけれど、本当にこれはとんでもない。うぐ、と変な音が漏れそうになったのをなんとか飲みこんで、やわらかな髪をくしゃくしゃと混ぜる。

「遊園地ではたくさん歩くからやめとこうって、ふたりで決めたよね。本当にしてたら、ぐっすり眠れる代わりに午前中の安里さんはベッドの住人になってたよ」

「それもそっか」

納得顔になった安里に軽いおはようのキスをして、ベッドから起きだす。いつものように抱き起こしてあげようと振り返ったら、キヨより先に目覚めていた恋人はちゃんと起動しているようで自力で起きてきた。

寝起きのふにゃふにゃ安里も気に入っているキヨとしては少し物足りなさを覚えるものの、一緒にキッチンに立って朝食を作れるのは悪くない。

二人で手分けしてバタートーストとベーコンエッグを作り、ゆうべの残りのポテトサラダとレトルトのコーンスープを添えて朝食にした。

それぞれの自室で着替えて玄関に集合する。

「どっちが先に出る？」

「ジャンケンで決めようか」

せっかくの初デート、待ち合わせをやってみたいという安里のために九時半に集合場所で落ち合う予定だ。

勝ったほうが選択権を得ることにして、一発勝負。安里がグー、キヨがパーを出した。

戸締まりをしっかり確認したい勝者のキヨはいつもと逆――見送るポジションを選んで、スニーカーを履《は》く恋人を見守る。

「じゃ、じゃあ、いってきます」

「うん。いってらっしゃい、安里さん」

落ち着かない様子の安里を上向かせて、いってらっしゃいのキスもする。

見送られるときより、見送るときのほうがなんだか名残惜《なごりお》しい。軽く一回のつもりが、離れたくなくて何度もやわらかなキスで甘い唇にじゃれてしまう。

「キ、キヨ……っ、出かけらんなくなる……」

「ん……、ごめんごめん」

最後にぺろりと恋人の唇を舐《な》めると、舌を入れてもいないのに息を乱している安里が「んっ」と小さく甘い声をあげた。瞳もうっすら潤《うる》んでいてまたキスしたくなる。

（こんなの外に出したら駄目でしょ……）

自分が色気を出させたことを棚《たな》に上げてそう思うものの、腕の中に閉じ込めておきたい気持ちを理性でなだめる。外に出たら恋人を常に手の届く範囲に置いておけばいいのだから、危険にさらされるのはキヨの忍耐力だけだ。

ちなみに待ち合わせ場所は折原家の門のところである。過保護なのはわかっているが、普段ひとりで外に出ない妖精のような恋人を付き添いなしで出せるのはそこがキヨの限界だ。

もう一度だけ「いってらっしゃい」のキスをして、ドアが閉まったのを確認してから急いで戸締まりチェックをした。一分もかからずにチェックを終えたキヨは玄関を施錠《せじょう》し、コスモスが揺れている門扉前で待っている恋人の許《もと》に大股《おおまた》で向かう。

うれしそうに迎える安里に自分も顔をほころばせて、お約束のセリフを口にした。

「ごめん、待った？」

「ううん。僕もいま来たとこ」

お約束を返しながら安里が笑う。楽しい茶番に二人で笑いながらごく自然に手をつないで、駅に向かった。

男同士で恋人つなぎをしているのに気づいた中には興味津々《しんしん》な視線を送ってくる人もいるけれど、気にしない。恋人の性別を他人に干渉《かんしょう》される謂《いわ》れはないし、堂々としていることで社会にとって「当たり前」の光景の一部になっていければいいと思っている。

ちなみに、おっとりしている安里は注目されても「キヨが格好いいからだね」なんてズレた認識をしていて、外で手をつなぐのをごく普通に受け入れている。ナイスマイペース。

電車とバスを乗り継いで、昔ながらといった風情《ふぜい》の遊園地に無事に到着した。入場券と乗り放題のフリーパスチケットを購入して、さっそく初心者向けのコースターの短い列に並ぶ。

数十分後。

「どうしよう、僕、乗り物ダメっぽい……」

「みたいだね」

青い顔でベンチに座った安里の隣で背中をさすってやりながら、キヨは買ってきたジュースのストローを色のない唇に寄せてあげる。冷たいオレンジジュースを飲んで少しすっきりしたのか、わずかに顔色がよくなった。

早々に両親を亡くし、心臓に持病のある祖母に育てられた安里は、じつはこれまで遊園地で遊んだことがなかった。だからこそ知らなかったのだ……遊園地に向かないタイプの人間がいるということを。

本人はいろいろ乗る気満々だったのに、最初のコースターから降りた瞬間に安里は膝から崩れ落ちて歩けなくなってしまった。怖さもさることながら、睡眠《すいみん》不足もあって酔《よ》ってしまったのだ。

「ごめんね、せっかく連れてきてもらったのに……」

「大丈夫だよ。目的は乗り物じゃないし」

「え……？」

「俺は乗り物に乗りに来たんじゃなくて、安里さんと一緒に遊びに来たんだよ。ふたりで楽しめたらなんでもいいんだから、そんな顔しないで」

いたわりをこめて血の気のない頬を撫でたら、恋人の瞳が潤んだ。

「ん……、ありがと、キヨ」

くっついてきたのを抱きしめて、よしよしと髪を撫でる。と、予想外の方向から勢いよく何かが脚《あし》にぶつかってきた。

驚いて見下ろしたのと同時に、膝に抱きついた小さな男の子が顔を上げる。

「ゆーちゃ！」

キヨを見るなり、赤い風船を持った男の子の目がこぼれ落ちそうなほど見開かれた。

「ゆーちゃじゃ、ない……」

「う、うん？　ごめんね……？」

心底ショックを受けている様子に思わず謝ると、くしゃっと男の子の顔がゆがみ、大きく口を開けた。――間違いなく、いまから大泣きされる。

バイト先では見知らぬ大人に怯《おび》える子どもをなだめることもあるし、自分でも理由はよくわからないのだけれどキヨは子どもになつかれやすい。とっさの機転で指をキツネの形にして、声音を変えて話しかけた。

「こんにちは。ぼくはキツネのコン太。きみは？」

ぱしぱしとまばたきした男の子の口が閉じた。まじまじと見てくる男の子の関心をそらさないように、コン太を生き物っぽく左右に動かして見せる。

これは手だよね？　でも動物っぽい……？　と言いたげにコン太とキヨをかわるがわる見ている男の子ににっこり笑いかけると、パニックが少し落ち着いたのかようやく答えてくれた。

「……こうた」

「こうたくんか。ぼくの名前と似てるね。覚えてる？」

「コン太でしょ。……ほんとだ！」

ぱっと男の子の顔が明るくなる。

ほっとしたところで、安里がそろそろとキヨから体を離した。驚きのあまり固まっていた恋人は、小さな子どもの前でキヨにくっついているのを自覚して恥ずかしくなったらしい。

恋人が離れてしまったのは残念だけれど、いまは迷子のちびっこを放っておけない。

コン太経由でたどたどしい、けれども精いっぱいの説明を聞いたところ、こうたくんは母親の弟――要するに叔父の「ゆーちゃ」とその友達に遊園地に連れてきてもらい、遊園地のマスコットキャラクターでもあるクマ（の着ぐるみ）を見つけて走って追いかけ、風船をもらって大喜びで振り返ったら「ゆーちゃ」たちがいなくなっていた、というのがわかった。

「ちゃんとてをつないでてって、いったのに！」

ぷんぷんしているけれど、「手をつないでて」と言ったのはきっとこうたくんじゃなくて大人のほうだろう。子どもとはいえ全速力で走るとかなり速いし、小さいぶん人混みにすぐ紛《まぎ》れてしまう。いまごろ叔父さんたちは青くなって探しているはず。

ちなみに遠くから見たキヨが「ゆーちゃ」に似ていたから、迷子のこうたくんはほっとして脇目もふらず突進してきたのだった。

事情を把握《はあく》したキヨは、こうたくんに片手を差し出した。

「いまから『ゆーちゃ』たちを呼んでもらえるところに行くから、手をつないでくれる？」

「うん！」

コン太の言うことを聞いて、こうたくんは素直にキヨの指を握《にぎ》る。手と手をつなぐことができないほど小さい、ぷくぷくの手がいとけなく愛らしい。

体調不良の恋人を置いて行きたくはないけれど、困っているちびっこを助けるのは大人としての責務だ。少し待っててもらっていい？　と断りを入れようとした矢先、安里がベンチから立ち上がった。

キヨを真似て手をキツネにした安里が男の子に話しかける。

「僕も仲間に入れてくれる？　手をつないでもいいかな」

「いいよ！　あ、でも、ふうせん……」

「ぼくが持ってるから大丈夫」

コン太の口でキヨが風船を受け取り、自由になった小さな手を安里が握る。こうたくんの頭上でキヨと目を合わせた安里がにっこりした。

「二人で大事に送り届けようね」

まだ体調は万全じゃないはずなのに、文句を言うどころか一緒になって子どもを助けようとする恋人に改めて惚《ほ》れ直《なお》してしまう。

インフォメーション内の迷子センターには先客のちびっこ様が三名いた。

遊具や絵本が散らかっているコーナーのすみっこでクマのマスコットキャラクターのぬいぐるみをぎゅっと抱いて座っている女の子、わんわん泣いている男の子、その子の気を紛らわそうと頑張っているスタッフのお姉さんにコアラ状態でしがみついている女の子。こういう場所では珍しくない光景だけれど、本人たちにとってはハードな混沌《こんとん》の世界だ。

指を握る小さな手の力が強くなって、こうたくんの不安を感じ取ったキヨはこのまま預けて去っていいものか迷う。

安里も同じ気持ちだったようで、首をかしげてキヨに聞いてきた。

「お迎えがくるまで、一緒に待ってようか」

キヨより速く「うん！」と頷いたのはこうたくんだ。スタッフにも喜ばれて、キヨと安里はちびっこだらけの混沌の世界にしばしお邪魔する。

不安を紛らわせるには意識をほかのことに集中させるのが効果的だ。お迎えがくるまでなぞなぞやしりとりで遊ばせるつもりだったのだけれど、思いがけずに恋人の特技が炸裂《さくれつ》した。

「つぎはネコ！」

「いいよ〜。三角お耳にまんまるお顔、目と鼻ちょんちょんちょん、ヒゲもピンピンピン、模様はどうする？」

「しましま！」

「はーい、しましま〜」

迷子センターの玩具のひとつであるクレヨンと自由帳を使って、安里は向かいに座っているこうたくんに向けて――つまりは逆《さか》さまにリクエストされた動物をさらさらと描いてゆく。

反対から描くのは視点を自在に回転させているということ、通常よりハイレベルな技術や構成力が必要だろう。気楽に絵描き歌めいたものを口ずさみながら逆さまに可愛いイラストを描いてのける安里はさすがプロだ。

邪魔しないように少し離れた場所で感心して見ていたら、泣いていた男の子やスタッフにしがみついていた女の子も目を輝かせて安里に寄っていった。次々に生み出される動物やキャラクターに夢中になってリクエストを始める。

ちびっこに囲まれて魔法を披露《ひろう》している安里はにこにこ楽しそうだ。本人は「絵を描くことくらいしかできない」なんて言うけれど、周りを幸せにできるのだから素晴らしい才能だとキヨは誇《ほこ》りに思う。

というか、キヨにとって安里は素直で可愛くて努力家でありながら常に予想の斜《なな》め上をいってくれる楽しい恋人で、普段のピュアさとベッドタイムでの色っぽさのギャップも素晴らしく、どんなに疲れていてもそばにいるだけで癒《い》やされる魅力と才能の塊《かたまり》だ。

正直、子どもたちに囲まれて人気者になっていると「俺だけの安里さんなのに」とほんのり嫉妬《しっと》してしまうくらい惚れこんでいる。

我ながらおとなげないな、と苦笑して軽くかぶりを振ったら、クマのぬいぐるみを抱いている女の子が安里たちのほうを気にしながらも仲間に入れないでいるのに気づいた。

「もっと近くで見ないの？」

声が届く距離にいる女の子にそっと話しかけたら、びっくりした顔をキヨに向ける。怖がらせないように微笑《ほほえ》んで見せると、はにかんだ笑みが返ってきた。

そうして、思いがけないことが起きた。女の子がキヨのところまでやってきて、あぐらの膝にちょこんと座ったのだ。

「あっ」

小さな声に目を向けたら、安里がはっとした顔になって「なんでもない」というような笑みを見せて手許《てもと》に視線を落とした。またイラストを描き始める。

(どうしたんだろ……?)

気になるものの、子どもたちのリクエストに応《こた》えている安里の邪魔はできない。膝の女の子をかまってあげながら迷子たちの迎えが来るのを待つ。

ひとり、またひとりと保護者が迎えにきて、十分後にはこうたくんの叔父「ゆーちゃ」も息をきらせてやってきた。

「恒太《こうた》!」

「あっ、ゆーちゃ! もー、なんでいなくなるのー」

「いなくなったのは恒太だろー……」

苦笑しながらも駆け寄ってきた小さな体をほっとした顔で抱き上げたのは、人なつこい笑顔がわんこっぽい印象を与える長身の男性だった。キヨより年上のようだけれど、たしかに背格好が似ていると言えなくもない。

「まーちゃは?」

「外で待ってるよ。恒太が消えてめちゃくちゃ心配してたんだからな。ほら、スタッフのお兄さんたちにありがとうを言って」

子どもたちの面倒をみているキヨと安里をスタッフと勘違いした叔父が丁寧に頭を下げ、風船を持った恒太くんにも同じようにさせる。

「ありあとー！」

「どういたしまして。会えてよかったね」

「うん！　またね！」

自分たちは本当はスタッフじゃないから「また」はたぶんないけれど、わざわざ訂正するようなことでもないから安里と笑顔で手を振って見送った。

間もなくキヨの膝を占拠《せんきょ》していた小さなお姫さまにもお迎えがきて、スタッフに感謝されながら迷子センターをあとにした。ちなみに安里が描いたイラストは子どもたちがそれぞれお気に入りを持ち帰っている。

「あそこにいた人たち、まさかプロのイラストレーターが描いたなんて思ってもいないだろうね。贅沢《ぜいたく》だな〜」

「えへへ、落書きだからそんなすごいものじゃないけど、僕も楽しかった」

「格好よかったよ、安里さん」

子どもたちの心を奪い、楽しませていた姿を讃《たた》えると、恋人の目がまん丸になった。

「格好いいキヨにそんなこと言われたら困る……！」

「いまはめちゃくちゃ可愛い」

「わ〜っ、キヨが僕を振り回す……！」

「そんなつもりはないけど、いつもは俺が振り回されてるからたまには楽しんで」

「心臓に悪いよ〜」

「あとでマッサージしてあげようか」

軽い冗談に流し目をつけてみたら、恋人の顔がふわりと染まった。いまのが色っぽい含みのある発言だとわかるようになった成長ぶりににっこりしてしまう。

無性にさわりたくなって指をからめて手をつなぐと、素直につなぎ返した安里がぽつりと呟いた。

「キヨ、子ども好きそうだよね」

「ん？　うん、小さきものはみなうつくし、って気持ちはあると思うよ」

「……なんか、ごめんね」

突然の謝罪に目を瞬《しばたた》いて、話の流れに気付いたキヨはつないだ手をぎゅっと握る。

「ごめんはいらないよ？　俺は自分の子どもより安里さんがほしいし、うちの母だって血にこだわりないし。世の中には大人の手を必要としている子どもがたくさんいるから、どうしても子どもがほしいなら養子縁組っていう方法があるのもわかってるよね？」

「……うん。でも、キヨの高次元遺伝子を残せないのって世の中に申し訳ないなあって思ったんだよね。なのに僕にはキヨを手放す気がないから、ごめんって言いたくなっちゃった」

「いや、手放されたくないからそこは謝ってもらわなくていいけど。ていうか高次元遺伝子って……？」

「え？　キヨみたいな人のすごい遺伝子」

みなさんご存じの、という顔で返されてもその使い方はおそらく誰も知らないやつだ。言いたいことはなんとなくわかったけど。

苦笑して、つないだ手をなだめるようにゆらゆら揺らす。

「俺のこと大好きな安里さんは可愛いけど、逆視点を忘れてるよね」

「逆視点？」

「俺も、安里さんの魅力と才能を継いだ遺伝子を残してあげられないのは世の中に悪いなと思うよ。でも、俺がぜんぶもらうけどね」

ぺろりと唇を舐めて見せたら、ぱしぱしと目を瞬いた恋人が含みを正しく理解して真っ赤になった。つながれていないほうの手で顔を覆《おお》う。

「ぼ、僕のはキヨにぜんぶあげるけど、キヨのは……っ」

「安里さんがもらってくれないの？」

「……もらい、ます。ていうかたぶん僕、キヨが僕以外をだっこするのもダメだし……」

真っ赤な顔で、小さな声で打ち明けられたのは、さっきの「あっ」の真相だった。

女の子がキヨの膝に座ったときに、安里は自分だけの指定席を奪われたような気分になって動揺《どうよう》したのだという。

「子ども相手にも妬《や》いちゃうとか、僕、心が狭《せま》いよね……」

「俺も同じだからいいんじゃない？　お互いをひとりじめしたい俺たちは、自分たちなりに子育てに関わっていこうよ」

「どうやって……？」

「社会的に。子どもや子育てしているひとたちを大事にして、できる範囲で助けていけばいいと思うんだよね。俺は法律について勉強してるから、子どもも大人も生きやすい国になるような活動をしたいと思ってる。安里さんの仕事はすでに子育てに関わっている部分もあるよね」

オルトのイラストは子育て世帯向けのパンフレットやグッズにも使われている。依頼されて描いているだけでも、人目に触れるものは多かれ少なかれ影響を与える。

「そっか……」と目から鱗《うろこ》が落ちた顔になった安里が、決意したように頷いた。

「もっといろいろ勉強しないとね。あと、さっき子どもたちに描いてて思ったんだけど……、これからは、絵本とかも作ってみたいな」

照れくさそうに打ち明けられた夢は、オルトなら実現可能なものだ。イラストレーター兼漫画家兼絵本作家オルトになるのもそう遠い未来の話じゃないだろう。

ランチは遊園地内のスタンドでホットドッグとフライドチキン、ポテト、ジンジャーエールを買って、カラフルなパラソル付きテーブルを囲んで食べた。こういうところで食べるジャンクフードはにぎやかな雰囲気も含めておいしい。

デザートのアイスクリームを片手に移動して、歩いて回れるアトラクションや園内のゲームセンターで遊んだ。普段のキヨなら見向きもしないようなアトラクションも、試してみたら案外おもしろい。すべてを新鮮に楽しんでいる恋人の姿がセットになっているおかげだ。

ひととおり回ったあたりで、キヨは安里がかなり疲れているのに気づいた。笑っていても口数が減っているし、歩くペースが落ちている。

「そろそろ帰る？」

「でも、まだ早い……」

時刻は三時すぎ。たしかにデートを終わらせるには早いけれど、どう見ても安里の体力ゲージは限りなくゼロに近い。普段家の中でしか活動していない超インドア人間にとって歩きまくる遊園地はハードだったようだ。

少し考えて、休憩《きゅうけい》だと悟らせずに休憩できそうな乗り物をキヨは恋人に勧めた。

この遊園地のシンボルでもある、大きな観覧車だ。

安里が大きな瞳を輝かせた。

「あれ、いちばん上でキスしたらずっと一緒にいられるってジンクスがあるんだよね？」

「ああ……、そういえばそんな噂《うわさ》もあったね」

近くの結婚式場と遊園地がタイアップして仕掛けた人工的なジンクスなのが明白なのに、素直に信じていて可愛いな……と目を細めるキヨに、破壊力抜群《ばつぐん》のおねだりがきた。

「してくれる……？」

「もちろん！」

信じていようがいまいが、ほかの返事はありえない。ずっと一緒にいたいと思ってくれている安里の気持ちがキヨを幸せにする。

タイミングよく観覧車はあまり混んでおらず、五分ほど並んだら順番がきた。止まることなくゆっくり動いているゴンドラに、スタッフの誘導に従って左右に分かれて座る。

徐々に高度が上がっていく。少しゆらゆらしていても特に大きな動きはないし、のんびり窓の外を眺めるくらいしかすることがない。

外から眺めているほうが魅力的な気がする乗り物だよなあ……と思いながら向かいの恋人に視線を戻したキヨは、目を瞬いた。

「もしかして、高いとこ怖い？」

「……そう、みたい。外、見れない」

両手を膝に置いて、全身を緊張させている安里は喋《しゃべ》り方《かた》まで少しカタコトになっている。ぷるぷる震えるニースを思い出して唇がほころんだ。

「そっち行こうか」

「……！」

すがるような目でこくこくと頷いたものの、その動きでゴンドラが少し揺れたらピシリと固まった。声をひそめて注文をつけてくる。

「ゆ、ゆっくりね？　揺らさないで」

「了解」

恋人はこの安全でのんきな乗り物がよほど怖いらしい。でも、苦手は理性を超えたところにある。ゆるみそうな頬を意識的に引き締めて、キヨは慎重《しんちょう》に安里の隣に移動した。

少し揺れたものの苦情はもらわず、代わりに腰を下ろすなりぎゅっと抱きつかれた。……可愛い。

「大丈夫だよ、ちゃんとメンテされてるから安全だし、怖かったらこうしてるから」

ふわふわの髪を撫でながら約束すると、見るからにほっとした様子の安里の体からこわばりが抜けてゆく。

もっと安心させてあげたくてしっかり抱いて、胸に顔をうずめてきた安里の髪をゆったりと撫で続ける。ゴンドラの大きな窓から見える景色を低く、呟くように説明していたら、腕の中の恋人が完全にリラックスした様子で体重を預けてきた。

（はー……可愛い）

何度思っても際限なく出てくる同じ単語。でも、安里といるときに胸に溢《あふ》れる気持ちをこれ以上的確に表せる言葉がないから仕方がない。

（そういや、「美しい」には悲劇や攻撃性も含まれるけど、「可愛い」にはネガティブ要素がないっていう説があったなあ）

なんてことを考えながら恋人の髪を撫でているうちに、頂上が近づいてきた。そろそろジンクスのキスの準備をしたほうがいいだろう。

「安里さん……、⁉」

呼びかけたキヨは瞠目《どうもく》する。

安里はキヨの胸にもたれたまま、ぐっすり眠りこんでいた。信じられない、ほんの数分の間にここまで眠れるものだろうか。

予想外すぎる展開だけれど、考えてみたら恋人は眠るのが大好きで、仮眠をとるときも一瞬で寝落ちる。なにより今日は寝不足なうえ、歩き回ったせいで疲れてもいる。

おそらく、キヨの腕に包まれたら安心しきって睡魔《すいま》に負けたのだろう。それはもう仕方ないし、むしろ最高に可愛い。

起こすかどうか迷ったものの、気持ちよさそうに眠っている愛らしい顔を眺めていたら可哀《かわい》想《そう》になった。

よし、と心を決めたキヨは、眠っている恋人の顔をそっと仰《あお》向《む》けさせた。無防備にされるがままの安里の唇はふっくらとおいしそうで、すぐにでもかぶりつきたくなるのを少しだけ我慢する。

ゴンドラが観覧車のてっぺんに到達したタイミングで、やわらかな唇にそっと口づける。

ぬくもりと感触にじんわりと胸の中を愛おしさに満たされながら、「安里さんと一生一緒にいられますように」と心から願った。商業的な人工のジンクスだ、なんて利口ぶっていた自分は鳴りをひそめ、ただ純粋《じゅんすい》に、愛しい人との幸せを祈る。

安里の唇はいつも不思議と甘く感じられて、このまま口づけを深めたい誘惑にかられたものの、仰のいていいるのは苦しいだろうという気遣いがギリギリで勝った。それでも名残惜しくて離す前にぺろりと唇を舐めると、「ん……」と甘い声を漏らした恋人が幸せそうに笑う。

(駄目だ、安里さんの顔見てたら絶対ベロチューする)

確信したキヨは恋人の顔を再び胸にもたれさせ、深呼吸で自らを落ち着かせながら視線を遠くに向けた。

円周が大きい観覧車は一周するのにおよそ三十五分。

残り五分になったところで、そっと声をかけた。

「安里さん、そろそろ起きよう?」

「んん……」

どんなに眠くてもキヨが起こすと安里は反応してくれる。

キヨの声が好きだからもっと聞きたくなるんだよ、と言っていたけれど、眠っていても自分を優先してくれる恋人は愛おしいにもほどがある。

髪を撫で、頬を撫で、声かけを繰り返しているうちに、ようやく安里の目が少しだけ開いた。でもまだ眠そうで、とろんとしている。

「……おはよ、キヨ……?」

「んー、じつはおはようじゃないんだよね。ここ、どこかわかる?」

完全に寝ぼけている恋人に聞くと、胸に頬をくっつけたまま眠そうな目でゴンドラ内を見回す。数秒の間があって、ようやく自分がどこにいるか思い出したようだ。

「観覧車……」

「当たり。そろそろ降りるけど、大丈夫?」

うん、と頷いたものの、寝起きの安里の脚が頼りないのはよく知っている。というか、まだ眠そうな顔が無防備で色っぽい。全然大丈夫じゃない。

(フード付きを着ててくれてよかったあ)

内心で安堵《あんど》のため息をつきながら、キヨは恋人の色っぽくも愛らしい顔を隠すためにパーカーのフードを深くかぶせる。ぼんやりしている安里はされるがままだ。

フードをかぶせた頭を抱《かか》えるようにして、ふらつく恋人を体で支えて観覧車のゴンドラから降りた。

そのあとの行動に迷いはなかった。本人無自覚で男をそそる空気を醸《かも》し出《だ》している恋人を雷車に乗せるなど言語道断《ごんごどうだん》、タクシーで家に帰る。タクシー内でキヨの小脇に抱えられた安里は完全に眠りこんでしまったけれど、こうなるのは想定内だ。

家に到着するころには秋空は夕暮れに染まっていた。抱いて運んだ恋人をリビングのソファにそっとおろし、体を起こそうとしたら、離れるのをいやがるように小さな声があがった。

ふ、と唇がほころぶ。

「そろそろ起きる？」

「ん……」

小さくうなった安里の目が、うっすらと開く。眠気と闘《たたか》っているのか少し眉《まゆ》をひそめていて、それでいてとろんとした様子の表情がたまらなく色っぽい。

寝起きの恋人を甘やかしながら眺めるのはキヨの楽しみのひとつだ。髪を撫でて待っていたら、数回ゆっくりとまばたきをした安里がぽやんとした口調で呟いた。

「家だ……？」

「うん。帰ってきたよ。手洗いうがいに行く？」

困惑していても、祖母に育てられた習慣が優先されるのかこくんと頷く。洗面所に連れて行き、手を洗ってあげて、うがいをさせた。

タオルで口を拭《ふ》いてあげていたら、ちゃんと目覚めた安里がしゅんと眉を下げた。

「ごめん、キヨ……」

「ん？　何が？」

「初デート、台なしにしちゃったから……」

「台なしになんてなってないよ。どのへんがダメだった？」

本当に不思議で聞いてみると、ますます眉を下げながら小さな声で答える。

「せっかくの遊園地なのに、僕のせいでジェットコースターとかに全然乗れなかったし、途中で寝ちゃったし、キヨとずっと一緒にいたいのに観覧車でキスもできなかったし……」

「したよ」

「へ」

「てっぺんに到着したときに、勝手にキスさせてもらいました。安里さん寝てたけど、起きてないといけないって条件は聞いてないし」

「ほ、ほんと……？　ありがとうキヨ！」

ぱあっと顔を輝かせて抱きついてきた恋人を受け止め、笑いながら髪を撫でる。

「勝手にキスされたのにお礼を言っちゃうあたり、本当に安里さんだよねえ」

幸せな気分のまま「ただいま・おかえり」のハグからのキスをしたら、素直に応《こた》えてくれる安里に煽《あお》られてうっかり恋人の膝が立たなくなるまで堪能《たんのう》してしまった。

名残惜しさを覚えながらもなんとかキスをほどくと、とろりと瞳を潤ませ、息を乱した安里が少し舌足らずになった声で真剣に言う。

「ぼく、きょう、がんばるね」

「んん？」

「夜。キヨに迷惑をかけたお詫《わ》びに、すごくがんばるから……！」

決意に満ちた表情で誓《ちか》われた。

べつに迷惑をかけられたなんて思っていないし、お詫びなんてまったく必要ないけれど、はりきってくれている恋人が可愛いから楽しみにすることにした。


夕飯と入浴をすませ、いつもより早めに入ったベッドで、キヨは熱い息をついて脚の間に顔をうずめている恋人の髪をくしゃりと撫でる。

「気持ちいいよ、安里さん。もう少し深くくわえられる……？」

「んぅ……」

瞳を潤ませた恋人が視線で頷いて、小さな口を懸命に開いてキヨの熱塊をやわらかくあたたかな粘膜《ねんまく》の奥へと受け入れる。

（はー……エロ可愛い）

「すごくがんばる」と宣言したとおり、今夜の安里はけなげで積極的だ。ド天然ゆえに普段から予想外のタイミングで積極性を発揮《はっき》することがあるけれど、あれは本人無自覚。でも今夜は自覚ありだから、恥ずかしそうにしながらも頑張ってくれているのが愛おしくて煽られる。

「くわえたまま、舌で舐められる？」

「ん、ぅん……」

言われたとおりにやってみようと奉仕してくれる安里の姿は、完全に視覚の暴力だ。清純そのものの愛らしい顔を色っぽく上気させて、苦しげに、それでいてとろけた表情で、キヨのものをほおばっている。視覚と体感で与えられる快感がすごくて、気を抜くと本能に負けてひどいことをしてしまいそうだ。

でも、それはキヨの中でアウトだ。大事な人だからこそ、好きなようにさせてあげたいし、大切に愛したい。

深呼吸で自分を落ち着かせて、キヨは間違いなく過重な負担がかかっている恋人の細いあごを撫でた。

「あご、つらいよね？　もういいよ。ありがとう、安里さん」

「んんぅ」

ゆっくり引き抜こうとすると、いやがるような声を漏らした安里が含みきれなかった剛直《ごうちょく》の根元を握って、小さくかぶりを振る。濡れた粘膜に敏感な先端を愛撫《あいぶ》されて息を呑んだキヨのものが、どくんとさらにサイズを増した。

「んぐ……っ」

喉奥を衝《つ》かれた安里の目から涙がこぼれて、キヨは慌てる。

「ごめん、安里さん……って、ちょ、手、離さないと……っ」

「んぅう……っ」

やだ、と言いたげに根元を握っている手に力をこめて、濡れた瞳で恋人が見上げてくる。いやもう本当に破壊力がすごい。可哀想なのに興奮してサイズが増してしまう。

もう一度深呼吸をして、恋人の髪を撫でた。

「しゃぶってたいの?」

「んぅ」

「あー……、安里さん、全身感じやすいけど粘膜が特に弱いもんねえ……」

キスも好きだから、口内を犯されるのが気持ちいいのだろう。そしておそらく、キヨが気持ちよくなっている顔を見られるというのにも煽られている。

(お尻《しり》に挿《い》れちゃうと、気持ちよくなりすぎて俺の反応まであんまり見てられないって言ってたもんね……)

そこがまた可愛いのだけれど、今夜は初めて挑んだ行為で自分が主導権を握ったことで、好きな相手を愛撫して気持ちよくさせたい気持ちに火がついたのかもしれない。

好きにさせてあげたいのはやまやまだけれど、キヨにとっては口淫《こういん》してもらうのも、安里のそんな媚態《びたい》を見るのも初めてのこと。刺激が強すぎてまだ余裕がない。

(もう少し慣れたら好きにさせてあげるけど、今夜は無理だから……)

「安里さん、ほっぺたで俺の先っぽ、撫でてくれる?」

「ん……」

しゃぶっていたいものを取り上げられないとわかった安里は、素直に言うことを聞いて顔を引き、キヨの熱の先端を頬の内側の粘膜に当てた。感じやすい器官に無邪気に与えられる快感に理性がピンチにさらされるけれど、懸命に自制してキヨは内側からぽこんとふくらまされた安里の頬を撫でる。

「ん、ん……」

「気持ちいい? ここも好きだよね」

とろんと潤んだ瞳の恋人のあごに手を添えて少し動かし、今度は口蓋《こうがい》を熱の先端でこする。自分も気持ちいいけれど、安里の瞳もとろとろにとけた。根元を握っていた細い指の力がゆるむ。

「……安里さん、こっちにお尻向けて」

指を舐めながら命じると、ふるりと身を震わせた恋人の張りつめた中心から雫《しずく》が滴《したた》った。内壁で得られる快感を思い出したらしい。

名残惜しそうにしながらも安里がようやくキヨのものを口から出して、素直に四つん這《ば》いになって白くまろやかなお尻を向けてくれた。……作戦成功、絶景なり。

最高にエロ可愛い恋人を与えてくれた天に心の中で感謝しつつ、キヨはバスルームで丁寧にほぐしておいたにもかかわらず、もうつつましく閉じている可憐《かれん》な蕾《つぼみ》を撫でる。ひくひく収縮して、ほんの少し力を入れただけでつぷりと指先を飲みこみ、粘膜がうれしげに絡んでくるのがけなげで愛おしい。

ゆっくりと指を一本埋《う》めこんでいくだけで、感じやすい恋人の触れられてもいない果実からとろりと蜜《みつ》が滴り、上半身がくずおれた。

「キヨぉ……、も、いれて……?」

「いいの？　まだちょっときついかもしれないよ」

甘い声でねだる恋人にぞくぞくしながらも、中の状態を確かめるためにぬちゅぬちゅと指を抜き差しする。咥《くわ》えているだけですっかり発情してしまった恋人の粘膜は熱く、指を増やしても上手に吸いつきながらしゃぶってくる。安里が感じ入った泣き声をあげた。

「やぁあんっ、だい、じょうぶ……っから、いれて……っ」

「ん……、いいよ。きつかったら言ってね」

膝立ちになり、細い腰を摑んでほころんだ蕾に高まりきった自身を宛《あて》がう。ぬるぬるとこすりつけて、小さな口が先端に吸いついてきたタイミングでゆっくりと腰を入れた。

「ああっ、あっ、アァアー……ッ」

甘くかすれた、脳髄《のうずい》までとかすような声をあげて挿入《そうにゅう》の刺激だけで安里が達する。内壁がびくびくしながら吸いついてきて、絞《しぼ》りあげてくるのがたまらない。

本能のまま激しく突き上げてしまいたくなるのを懸命にこらえて、危険な波をやりすごしたキヨは大きく息をついた。もう少し待っていてあげたいけれど、こっちももう限界だ。恋人と分かち合う濃厚な悦楽を味わうべくゆっくりと動き始める。

「ひぁあんっ、あん、だめ、キヨ、まだ、イってる……っ」

「うん……、イきながらなかこすられると、もっとイくよね？　見せて、安里さん。いっぱい気持ちよくなってるとこ」

「あっ、あーっ、やぁっ、キヨ、そこ……っ」

「ここ？　もっとぐりぐりしてほしい？」

「んっ、ん、してぇ……っ」

わずかに残っていた理性や羞恥心《しゅうちしん》さえも、溺《おぼ》れるほどの快楽の中で摘み取ってしまうと恋人はどこまでも素直になる。好きなところを正直に教えてもらえるともっと気持ちよくしてあげられるし、とろけた恋人の表情や声、粘膜の淫《みだ》らな愛撫でキヨの快感も強く、深くなる。

そのうち、理性を本能が凌駕《りょうが》しても共に快楽に溺《おぼ》れられるようになってゆく。

背中から抱きしめてずんずんと腰を送りこみ、おねだりに応えて首筋を強く噛んでやりながら最奥《さいおう》に熱を吐き出した。びくびくと震えた安里が中だけで達したのは、手にすっぽり収まる愛らしい果実を弄《いじ》り回《まわ》していたキヨにはよくわかる。

大きく熱い息をついて、肩で息をしている恋人の赤い耳に囁いた。

「次は、こっちもイかせてあげるね」

「ん……。キヨ、だっこ、して……」

「前からがいいの？」

「うん……キスも、して」

「いいよ」

愛らしいおねだりに自身が硬度を失うことなく、再び漲《みなぎ》る。たっぷり中に出したものがこぼれないように半分埋めこんだまま細い体を反転させ、膝の上に抱き上げながら再び深く挿入した。甘く濡れた声をあげる恋人の粘膜が淫らに蠢《うごめ》いて、達したばかりのキヨ自身のサイズと硬度をさらに育てる。

「はぁ……すごい、キヨのが、いっぱい……」

自重で奥の奥まで貫《つらぬ》かれた安里が、とろけた顔をキヨの肩にあずけて自分の薄いおなかを撫でる。

「気持ちいい？」

「うん……。キヨも、ぼくのなか、きもちい……？」

「最高」

心から返すと、「よかったあ」とふにゃりと安里が笑う。こんな交わり方をしているのにど

こまでも無垢《むく》で、それでいて色っぽくて、たまらなく可愛くて愛おしい。

「大好きだよ、安里さん。愛してる」

「ん……、ぼくも。キヨがだいすき。あいしてる……」

舌足らずになっていてもまっすぐに返してくれる安里に胸が甘苦しくなって、言葉では足りないとキヨは深く唇を重ねた。

そうして、初デートの夜を存分に堪能したのだった。


心身ともに軽やかな朝、鼻歌混じりでキヨは手早く朝食を用意する。

いまは二人の寝室になった自室に戻ると、布団にくるまれた恋人は十分ほど前にキヨがこの部屋を出て行ったときのまま、すやすやと幸せそうに眠っていた。

透明感のある愛らしい寝顔は、とてもゆうべキヨの下でとろけていた色っぽい人物と同じとは思えない。どちらも最高に愛おしくて、見ているだけでキヨの胸を幸福感で満たすのは変わらないけれど。

ベッドサイドテーブルにトレイを置いて、キヨは恋人のふわふわの髪を撫でた。無意識のようにキヨの手に頬を寄せ、なついてくるのがたまらなく可愛い。

なめらかな頬を撫で、眠りの世界にいる恋人を現世に呼び戻すためにそっと囁く。

「おはよう、安里さん」

「ん……」

数拍置いて、ゆっくりと長いまつげが上がる。キヨの姿を認めるなり、ふわりととけるように安里が笑った。

「おはよ、キヨ……」

ゆうべ鳴かせすぎたせいでかすれている声が可哀想だけれど、なまめかしさもあってもっと聞きたくなってしまう。でも、それはさすがにと我慢した。代わりにゆうべの名残でいつも以上にふっくらとして、染まっている唇に「おはよう」のキスをする。

うれしそうに笑って首に腕を回してきた恋人の華奢《きゃしゃ》な体を抱き起こし、自力で座れなくなっているのを胸にもたれさせて支える。喉をいたわるホットジンジャーレモンティーのカップを口許に運ぶと、湯気《ゆげ》に目を細めながらゆっくり飲んだ安里が「おいしい……」と息をつく。

安心しきった様子ですべてをゆだねてくる恋人はしみじみ可愛くて、愛おしい。

卵を落としたチキンリゾットを食べさせる前に混ぜていたら、腕の中の恋人が決意のこもった瞳で見上げてきた。

「リベンジしようね」

「うん？　何の」

「デートの。僕、キヨにいっぱい迷惑かけちゃったから」

「そんなことないよ。楽しかったし、サービスも満点でした」

ちゅっと額にキスをして囁くと、じわじわと安里の顔が熱を帯びて染まる。キスを受けたおでこに手を当てた安里が、染まった頰で可愛いことを言う。

「ぼ、僕も楽しかったし、喜んでもらえてうれしいけど、もっとがんばるから……！　デート中に寝落ちたりしないようにちゃんと寝て、キヨとのデートをぜんぶ覚えていられるようにしたいし……」

「ん、そっか。じゃあがんばらなくてもいいから、いっぱいデートしよう。デートが『当たり前』になったら、寝不足になることもないよね？」

楽しみすぎて寝不足になっちゃうのも可愛いけど、と思いながらも提案すると、顔を輝かせた恋人に「キヨ天才……！」とお褒《ほ》めの言葉を賜《たまわ》った。

安里にとってデートが「当たり前」になるまでどのくらいの回数が必要になるかはわからないけれど、とりあえず、次は水族館か映画館にしようと思う。

行く先々でどんな安里を見られるのか、これからも楽しみだ。

あとがき

A F T E R W O R D ………………………… ―間之《まの》あまの―

こんにちは。または初めまして。間之《まの》あまのでございます。

このたびは拙著《せっちょ》『ふたり暮らしハピネス』をお手に取ってくださり、ありがとうございます。

こちらはディアプラス文庫様からは三冊目の、通算二十七冊目のご本となっております。

雑誌「小説ディアプラス」に前後篇で掲載された同名作品に後日談を書き下ろして文庫化していただいたので、ディアプラス文庫様では珍しい厚さのご本になってしまいました。……が、拙作ではおなじみの厚さですね（笑）。

お互いを大切にしているひとたちのなかよしな日常が好きで、理不尽な展開や悪意が可能な限り出てこない、それぞれの人権を大事にしている世界を読みたいなと思って自分で書き始めたので、お好みの合う方とご縁があったらうれしいです。合わない方はお互いの幸せのためにも第六感等で察知して避けてくださいますように（祈）。

受け入れて楽しんでくださる読者様、自由に書かせてくださる担当様と出版社様のおかげでこうして新作をお届けできています。本当にありがたいです（しみじみ）。

イラストは、幸せなことに八千代《やちよ》ハル先生に描いていただけました。

以前からご一緒できたらいいなと思っていたので、念願叶《かな》って本当にうれしいです♪

今作は八千代先生のイラストで個人的に見たいものをふんだんに詰めこませてもらったのですが、絶対魅力的に描いてくださると確信をもっていたとはいえ、どのキャラクターもどのシーンもイメージぴったり（それ以上に素敵）で感激しました！

安里《あさと》さんがとんでもなく可愛《かわい》い……！　キヨも格好いいうえに可愛い！　すべてのシーンが可愛くて楽しくて愛《いと》しくて、見ているだけでニコニコしてしまいます。カラーも綺麗なうえにときめく可愛さで（口絵は切なくて）、まさに眼福です。文庫ではモノクロ収録ですが、雑誌の見開きカラーで登場させてくださったニースたちや「ニース絵日記」などの小物、写真という形で工夫して入れてくださったちびキヨやちび安里さんも最高ですみずみまで幸せです♪

八千代先生、このたびは可愛くて格好よくて色っぽい、素晴らしいイラストを本当にありがとうございました。雑誌のコメントカットの茅野《かやの》兄（イケメン！）もぜひ文庫派の読者様にも見ていただきたいなと思っていたので、ご快諾《かいだく》くださってとてもうれしかったです。

やさしくて褒め上手な担当様をはじめ、今回も多くの方々のご協力とたくさんの幸運のおかげでこのお話をこういう形でお届けすることができました。ありがたいことです。

読んでくださった方が、明るくて幸せな気分になったらいいなあと思っております。

楽しんでいただけますように。

梅の季節に

間之あまの

この本を読んでのご意見、ご感想などをお寄せください。
間之あまの先生・八千代ハル先生へのはげましのおたよりもお待ちしております。

〒113-0024　東京都文京区西片2-19-18　新書館
[編集部へのご意見・ご感想] ディアプラス編集部「ふたり暮らしハピネス」係
[先生方へのおたより] ディアプラス編集部気付　〇〇先生

- 初出 -
ふたり暮らしハピネス：小説ディアプラス2021年フユ号（vol.80）、ハル号（vol.81）
恋人暮らしダイアリー：書き下ろし

[ふたりぐらしはぴねす]
ふたり暮らしハピネス

著者：**間之あまの** まの・あまの

初版発行：2022年1月25日

発行所：株式会社 新書館
[編集] 〒113-0024
東京都文京区西片2-19-18　電話（03）3811-2631
[営業] 〒174-0043
東京都板橋区坂下1-22-14　電話（03）5970-3840
[URL] https://www.shinshokan.co.jp/

印刷・製本：株式会社 光邦

ISBN978-4-403-52546-9 ©Amano MANO 2022 Printed in Japan